Neil Patrick Harris
& Alec Azam

Die Magischen 6

Madame Esmeraldas Geheimnis

ILLUSTRATIONEN VON LISSY MARLIN

ZAUBERTRICKS ILLUSTRIERT VON KYLE HILTON

AUS DEM ENGLISCHEN VON KATRIN SEGERER

Schneiderbuch
EGMONT

Bücher von Neil Patrick Harris bei Schneiderbuch:
Die Magischen Sechs, Band 1: Mr Vernons Zauberladen
Die Magischen Sechs, Band 2: Madame Esmeraldas Geheimnis

Weitere Bücher von Neil Patrick Harris sind bei Schneiderbuch in Vorbereitung.

1. Auflage
© 2019 Egmont Schneiderbuch
verlegt durch Egmont Verlagsgesellschaften mbH
Alte Jakobstraße 83, 10179 Berlin
Alle deutschsprachigen Rechte vorbehalten
Die englische Originalausgabe erschien 2018 unter dem Titel
»The Magic Misfits – The Second Story« bei Little, Brown and Company
Text and illustrations copyright © 2018 by Neil Patrick Harris
Cover art and story illustrations by Lissy Marlin. How-To illustrations by Kyle Hilton.
Cover art copyright © 2018 by Neil Patrick Harris
Cover copyright © 2018 by Hachette Book Group, Inc.
Aus dem Englischen von Katrin Segerer
Umschlaggestaltung: Karina Granda
Umschlagadaption: Johannes Wiebel, punchdesign | München
Satz: Achim Münster, Overath
BN_14236_01 Printed in the EU
ISBN 978-3-505-14236-9
www.schneiderbuch.de

Unsere Bücher finden Sie im Buch- und Fachhandel sowie im
EGMONT Shop
www.egmont-shop.de

MIX
Papier
FSC FSC® C014496

Die Egmont Verlagsgesellschaften gehören als Teil der Egmont-Gruppe zur **Egmont Foundation** – einer gemeinnützigen Stiftung, deren Ziel es ist, die sozialen, kulturellen und gesundheitlichen Lebensumstände von Kindern und Jugendlichen zu verbessern. Weitere ausführliche Informationen zur Egmont Foundation unter:
www.egmont.com

Für Harper und Gideon, weil Letzterer im vorherigen Band zuerst genannt wurde und Erstere darüber nicht sonderlich erfreut war.

INHALTSVERZEICHNIS

WILLKOMMEN ZURÜCK!

Ja, genau du mit der tollen Frisur und diesem Buch in der Hand.

Wen sollte ich denn sonst meinen?

Du bist wieder da! Schön, dich zu sehen, es ist viel zu lange her. So wie ich dich kenne, willst du wahrscheinlich dem Alltag entfliehen und suchst nach neuen Abenteuern, neuen Rätseln, neuer *Em-ah-ge-ie-ee*. Ich habe eine gute Nachricht für dich: Du musst nicht weitersu-

chen. Du hast sie gefunden. Ich habe eine weitere Geschichte für dich. Wer hätte das gedacht?

Du weißt hoffentlich noch alles, was wir im letzten Band besprochen haben. Dann fällt dir der Einstieg leichter …

Kleine Auffrischung gefällig? Kein Problem!

Fangen wir mit unseren wunderbaren Hauptfiguren an. Erinnerst du dich an den Waisenjungen mit den flinken Fingern? **Carter Locke** ist ein wahrer Meister, was Kartentricks betrifft. Er kann Dinge verschwinden und wieder auftauchen lassen! Obwohl er eigentlich gar nicht an echte Magie glaubte, bis er auf einen Zug aufsprang und nach Mineral Wells kam, wo hinter jeder Ecke ein neues Wunder wartet, von den funkelnden Zirkuszelten auf dem Rummel bis hin zum prächtigen Theatersaal oben im Berghotel.

Seine Freundin **Leila Vernon** mit den funkelnden Augen ist eine geniale Entfesselungskünstlerin und windet sich so geschickt aus Handschellen und Zwangs-

jacken, als hätte sie schon in der Wiege damit gespielt. Ihre Glücksdietriche – ein Geschenk ihrer beiden Väter, mit denen sie über einem gewissen Zauberladen auf der Main Street wohnt – haben damit sicher nichts zu tun …

Dann gibt es da **Theo Stein-Meyer**, den hochbegabten Violinisten, der mit seinem Geigenbogen Dinge zum Schweben bringen kann. Musik tut Herz und Seele gut, vor allem, wenn sie von Magie begleitet wird. Man trifft den Jungen mit dem nachdenklichen Blick nur selten ohne einen seiner berühmt-berüchtigten Fracks in Mineral Wells an.

Beinahe hätte ich unseren Hitzkopf **Ridley Larsen** vergessen, die mit ihren roten Verrückter-Professor-Haaren genauso taff aussieht, wie sie tut. Sie kann so gut wie alles verwandeln, und zwar schneller, als du »Abrakadabra!« sagst. Und sie versteckt ein Notizbuch in der Rückenlehne ihres Rollstuhls, mit dessen Hilfe sie Rätsel löst und Geheimcodes

erfindet, die sie anschließend ihren Freunden anvertraut – und, wenn du ganz besonders nett bist, vielleicht eines Tages auch dir. (Oder hat sie das womöglich schon getan?)

Zu guter Letzt haben wir noch **Olly und Izzy**, die witzigen Golden-Zwillinge, die mit ihrer Show im Berghotel auftreten. Die beiden sind eine Nummer, sowohl im wörtlichen als auch im übertragenen Sinn. Wenn du mal lachen willst, dann sind sie genau die Richtigen.

In unserem letzten Abenteuer vor gar nicht allzu langer Zeit – oder ist es doch schon eine Ewigkeit her? – gelang es den Kindern mithilfe einer Zaubershow, eine Serie von Taschendiebstählen zu beenden *und* das Verschwinden des größten Diamanten der Welt zu verhindern. Dem barbarischen Bösewicht B. B. Bosso gemeinsam das Handwerk zu legen, schweißte die Kinder zusammen, deshalb gründeten sie einen geheimen Zauberclub namens *Die Magischen Sechs*.

Na, fällt dir alles wieder ein? Sehr schön.

Hier kommt gleich noch eine kleine Erinnerung …

WIE MAN ...

dieses Buch liest!

Das Buch, das du gerade in der Hand hältst, erzählt das nächste Kapitel der Abenteuer unserer Zauberfreaks. Wie der vorherige Band ist es außerdem prall gefüllt mit Zaubertricks, die du in deinem Zimmer, im Keller deiner Eltern oder in der Schulturnhalle üben kannst.

Wenn du sowohl die Geschichte als auch die Zauberlektionen liest, hast du am Ende selbst ein paar magische Fähigkeiten – Fähigkeiten, die bei deinen Freunden bestimmt Stutzen, Staunen und Schnappatmung auslösen. Vielleicht sogar Gelächter und Applaus. Und darum geht es doch eigentlich, oder? Den langweiligen Alltag deiner Freunde in etwas Aufregendes zu *verwandeln* und schlechte Laune *verschwinden* zu lassen.

Allerdings muss ich dich auch dieses Mal bitten, die Geheimnisse der Magie für dich zu behalten. Flüstere sie

nicht mitten in der Nacht durch Gullygitter oder erkläre deinem Publikum vor oder nach einem Trick, wie er funktioniert. Das zerstört die Illusion, und du bekommst wahrscheinlich weniger Applaus. Verrate sie keiner Plaudertasche in der Schule. Man weiß nie, wo konkurrierende Magier ihre Augen und Ohren haben, und es wäre eine *vertrickste* Kiste, wenn sie all deine harte Arbeit zunichtemachen.

Solltest du die Zaubertricks aus diesem Buch unbedingt jemandem anvertrauen wollen, dann bloß deinen besten Freunden, und auch nur, wenn sie dir versprechen, sie ebenfalls geheim zu halten. Ihr könntet einen Zauberclub gründen, genau wie unsere Magischen Sechs. Geheimclubs machen Spaß. Und wer würde nicht gern zu einem Club gehören?

Mit anderen Zauberverrückten kann man viele lustige Dinge anstellen. Zum Beispiel eine Zaubershow aufführen. Das solltest du beim Üben der Tricks in diesem Buch immer im Hinterkopf haben. Wie würdet ihr die Bühne dekorieren, um euer Publikum zu beeindrucken? Mit einem schweren roten Vorhang? Oder würdet ihr es ganz dunkel machen, damit es geheimnisvoller und spannender wird? Gäbe es einen Ansager oder eine Ansagerin?

Oder würdet ihr einfach schweigend den ersten Trick zeigen?

Diese Fragen sind nicht nur hilfreich, wenn man eine Show vorbereitet, sondern auch, wenn man eine Geschichte erzählt, so wie diese hier. Ich persönlich halte ja eine Mischung aus den folgenden Elementen für am wirkungsvollsten: Vorhängen, Falltüren, Schatten, Spiegeln, Musik, Soundeffekten, Kommentaren aus dem Off und Nebel. Nicht zu vergessen die Vorfreude auf ein neues Abenteuer.

Willst du herausfinden, mit welchem Element unsere Show beginnt?

Ähm, ich meine natürlich *unsere Geschichte.*

Dann blättere schnell um!

EINS

Leila Vernon wohnte nicht schon immer in Mineral Wells. Eigentlich hieß sie nicht einmal schon immer Leila Vernon. In Mutter Margarets Waisenhaus war ihr Nachname *Mustermann* gewesen.

Das war nicht der Nachname ihrer Eltern. Sie hatte ihn bekommen, weil niemand wusste, wer ihre Eltern waren. Im Körbchen, in dem Mutter Margaret Leila gefunden hatte, hatte nur eine Karte mit ihrem Vornamen und ihrem Geburtsdatum gelegen. Aber davon ließ Leila sich nicht unterkriegen. Sie versuchte immer, zuver-

sichtlich zu sein, selbst dann, wenn die anderen Mädchen sie behandelten, als wäre sie so wertlos wie Falschgeld.

Deshalb lachte sie auch bloß, als sie eines Nachmittags durch den Flur zu Mutter Margarets Büro geschleift wurde. »Hahaha!«, erklang es schallend und fröhlich, während die Finger der fiesen Mädchen sich in ihre Arme bohrten. »Das kitzelt!«

So lustig fand Leila das alles eigentlich gar nicht, aber sie hoffte, dass ein Erwachsener ihr lautes Lachen hören und einschreiten würde. Man musste kein Hellseher sein, um den Plan der Mädchen zu durchschauen. Immerhin sperrten sie Leila mindestens einmal pro Woche in den dunkelsten Schrank des Waisenhauses. Und das nur, weil die Größte von ihnen irgendwann beschlossen hatte, dass Leilas Dauerlächeln und die gute Laune ihr auf die Nerven gingen.

Das große Mädchen wollte, dass Leila genauso unglücklich war wie es selbst. Deshalb nutzte ihre Bande jede Gelegenheit, um Leila zu quälen. Leila biss die Zähne zusammen, damit sie ihr nicht anmerkten, wie sehr sie litt. Vor allem an diesem ganz besonderen Nachmittag, an dem eine Gruppe *echter Zauberer* aus Mineral

Wells im Waisenhaus auftreten sollte. Leila freute sich seit Wochen auf die Show.

»Kommt schon, Leute«, sagte sie mit einem gezwungenen Lächeln. »Gehen wir runter in den Aufenthaltsraum. Die anderen warten bestimmt auf uns. Vielleicht gibt es sogar Kekse!«

Statt einer Antwort kam nur ein höhnisches Echo ihres letzten Satzes zurück. »*Vielleicht gibt es sogar Kekse*«, äffte das große Mädchen sie nach. Die anderen gackerten grausam.

Leila stemmte die Fersen in den Linoleumboden, aber zusammen war die Bande einfach zu stark. Leilas Schuhe hinterließen schwarze Streifen auf dem grauen Flur. Das große Mädchen riss die Tür zu Mutter Margarets Büro auf, die anderen zerrten Leila zum altbekannten Schrank, schubsten sie hinein und warfen die Tür zu. Alles wurde schwarz. Leila hörte den Schlüssel im Schloss klackern.

»He, das ist nicht mehr lustig, lasst mich raus!«, bettelte sie und hämmerte gegen das Holz. »Wollt ihr denn die Zauberer gar nicht sehen?«

»Klar«, ertönte die Stimme eines Mädchens gedämpft. »Was meinst du wohl, wohin *wir* jetzt gehen?«

»Komm doch mit … wenn du kannst!«, rief ein anderes. Dann lachte die gesamte Bande krähend wie die Raben draußen auf dem Spielplatz. Ihre Schritte entfernten sich.

Leila wusste aus Erfahrung, dass es nichts bringen würde, trotzdem drehte sie hoffnungsvoll den Knauf.

Die Tür war abgeschlossen. Und sie war allein. Schon wieder.

Sie wandte den Kopf nach rechts und links, aber die Dunkelheit war so undurchdringlich, dass sie nichts erkennen konnte. Das Herz schlug ihr bis zum Hals, wie immer, wenn die Mädchen sie hier einsperrten. Der scharfe Geruch der feuchten Holzwände kribbelte ihr in der Nase.

Es dauerte stets eine Stunde oder länger, bis irgendjemand Leila zusammengekauert im Dunkeln entdeckte. Und wenn man sie dann endlich fand, wurde sie ausgeschimpft, als hätte sie sich selbst in den Schrank der Heimleiterin gesperrt.

Um sich zu beruhigen, malte Leila sich aus, dass sie ein Teil der Zaubershow unten wäre, wunderschön zurechtgemacht und absichtlich in einen Schrank auf der Bühne eingeschlossen, aus dem sie zum Erstaunen aller Zuschauer spurlos verschwinden würde. *Zack, bum, wusch!*

Sie ballte verärgert die Fäuste. Die Show war das Einzige, auf das sie sich in letzter Zeit wirklich gefreut hatte. Sie wollte weiße Tauben sehen, die aus den Frackjacken der Zauberer flogen, Blumensträuße, die aus dem Nichts auftauchten, Spielkarten, die in der Luft schwebten …

Also fasste sie einen Entschluss: Sie würde sich die Aufführung von den fiesen Mädchen nicht vermiesen

lassen. Sie würde sich wehren, und zwar *richtig*, zum allerersten Mal. Aber dafür musste sie hier raus.

Blind betastete sie das Schloss. Vielleicht konnte man die Tür irgendwie von innen öffnen? Leila hatte noch nie ein Schloss geknackt, aber schon Geschichten darüber gelesen. Zunächst einmal brauchte sie Werkzeug. Sie zog sich die Nadel aus dem Haar, die alles an Ort und Stelle hielt, steckte sie ins Schlüsselloch und bewegte sie hin und her. Die Stifte klickten, doch ohne eine zweite Haarnadel ging es nicht.

Sie hatte keine zweite Haarnadel. Allerdings saß sie in Mutter Margarets *Büroschrank*. Sie fuhr mit den Händen über den Boden und fand eine einsame Büroklammer. Ihr Herz machte einen Satz. Glück im Unglück!

Sie bog die Klammer auf, führte sie ins Schlüsselloch ein und setzte den Zylinderkern unter Spannung. Ihre Werkzeuge stießen gegen die Stifte, rutschten aber immer wieder ab.

Aus dem Stockwerk unter ihr drang gedämpfter Jubel. Die Show hatte begonnen.

»Nein, nein, nein, nein, nein«, murmelte Leila. Vor ihrem inneren Auge standen die Magier auf der Bühne, zogen Kaninchen aus Hüten, verwandelten Murmeln in

Perlen, ließen Stühle schweben und warfen schwarze Seidenumhänge zurück. Sie hatte fest damit gerechnet, dass die magischen Erinnerungen an diesen Nachmittag ihr die nächsten Monate erträglich machen würden.

Je mehr sie sich beeilte, desto schwieriger wurde es, die Haarnadel und die Büroklammer zu steuern. Minuten verstrichen, bis sie schon fürchtete, niemals aus diesem Schrank herauszukommen. Die Show war bestimmt bald vorbei! Sie wollte ihr Werkzeug gerade frustriert wegwerfen, als ein leises Klicken ertönte und die Tür einen Spaltbreit aufschwang. Leilas Füße legten ein Freudentänzchen hin, ehe sie losrannte.

Als sie die Treppe erreichte, verkündete eine Stimme: »Und jetzt das große Finale …« Das Klatschen wurde lauter, während Leila die Stufen hinunterstürmte. In der Mitte der Treppe hielt sie an.

Im Aufenthaltsraum standen mehrere Reihen Stühle rund um eine kleine Bühne, auf der ein Mann mit einem schwarzen Frack und einem hohen Zylinder saß. Von seinen Schultern wallte ein schwarzer Umhang, und wenn er die Arme bewegte, blitzte die rote Unterseite auf. Sein Haar war schneeweiß und lockig, doch über seiner Oberlippe schmunzelte ein dünner schwarzer

Schnurrbart. Leila ließ sich auf eine Stufe plumpsen und beobachtete den Mann durch die klapperigen Pfosten des Geländers.

Du weißt wahrscheinlich längst, wer der Mann mit den weißen Locken ist … aber Leila wusste es nicht. Sie sah Mr Vernon an diesem Tag zum allerersten Mal, und der Anblick raubte ihr den Atem. Erinnerst du dich an den Moment, als Carter Mr Vernon zum ersten Mal begegnete? Er war eben erst in Mineral Wells angekommen und versuchte, in der Menschenmenge auf Bossos Rummel unterzutauchen. Mr Vernons flinke Finger, die zwei Münzen über die Hand wandern ließen, brachten ihn dazu, alles andere zu vergessen.

Als zwei Assistenten den Magier vor Leilas Augen an einen Metallstuhl banden, fühlte sie etwas noch tiefer Gehendes als Carter. Sie war sich sicher, dass das Schicksal sie aus Mutter Margarets Büroschrank hatte entfliehen lassen, um diesen Mann zu treffen.

Die Gesichter der Assistenten waren von dünnen schwarzen Stoffmasken bedeckt. Zuerst fesselten sie die Fußgelenke des Magiers mit Handschellen an die Stuhlbeine, dann wickelten sie eine lange Eisenkette um seinen Oberkörper, sodass er die Arme nicht mehr bewe-

gen konnte. Ein dickes Schloss in der Mitte seiner Brust hielt die Enden der Kette zusammen.

Die Waisenkinder im Publikum schnappten nach Luft. Ein paar schrien sogar erschrocken auf, als die Assistenten einen Sack aus Wachstuch über den Kopf des Mannes stülpten.

Mutter Margaret stand auf und wedelte mit den Händen. »Macht euch keine Sorgen«, rief sie. »Mr Vernon ist ein Profi.«

Der Mann unter dem Sack widersprach mit gedämpfter Stimme: »Ihr solltet euch sehr wohl Sorgen machen. Denn wenn ich mich nicht innerhalb einer Minute befreit habe, geht mir der Sauerstoff aus.« Verlegen nahm Mutter Margaret wieder Platz. Offensichtlich fragte sie sich, ob es ein Fehler gewesen war, diesen Mann einzuladen, nur damit er womöglich vor ihren Schützlingen erstickte.

Leila klammerte sich an die Geländerpfosten, als wären es Käfigstäbe. Die beiden Assistenten reckten ein weißes Laken in die Höhe, das sie über dem Magier ausbreiteten. Es hüllte ihn von Kopf bis Fuß ein. Ein Assistent trug eine große Sanduhr herbei und stellte sie auf die Bühne, sodass alle beobachten konnten, wie Sekunde um Sekunde um Sekunde verrann.

Leila hielt den Atem an. Sie dachte daran zurück, wie sie selbst bis vor ein paar Minuten ein Stockwerk höher in Mutter Margarets Büroschrank gefangen gewesen war. Die Gestalt unter dem Laken krümmte und wand sich. Die Kette klirrte, die Handschellen klickten.

Als die letzten Körner durch die Sanduhr rieselten, zählten die Kinder laut rückwärts: »*Fünf! Vier! Drei! Zwei! Eins!*« Die Gestalt unter dem Laken erstarrte. Mehrere Augenblicke lang passierte nichts. Die Kinder erhoben sich eins nach dem anderen mit offenem Mund und überlegten, ob das noch zum Trick gehörte.

Leila brüllte: »Nehmt ihm den Sack ab! So helft ihm doch!«

Panisch rannten die beiden Assistenten wieder auf die Bühne, lüfteten das Laken, hielten es vor den Stuhl und spähten darunter. Dann drehten sie sich zu den Zuschauern um und schüttelten die maskierten Köpfe, so als wollten sie sagen: *Zu spät!* Die Kinder gerieten außer sich, kreischten und schrien, während die Assistenten das Laken zu Boden fallen ließen. Der Stuhl, auf dem der Magier gerade eben noch gesessen hatte, war leer.

Überraschtes Keuchen erfüllte den Raum, bis einer der Assistenten seine Maske abnahm. Kaum kamen die

schneeweißen Locken darunter zum Vorschein, wurde Leila klar, dass sie hinters Licht geführt worden waren. Der Magier *hatte* sich befreit – und zwar auf völlig unvorhergesehene Art und Weise. Die Kinder jubelten, als hätte Mutter Margaret verkündet, dass man sie allesamt adoptiert habe.

Der Mann mit den weißen Locken trat an den Bühnenrand und verbeugte sich grinsend. Leila war so baff, dass sie beinahe die Treppe hinuntergerutscht wäre. Stattdessen sprang sie auf und applaudierte lauter und länger als alle anderen.

Anschließend bahnte sie sich mit den Ellbogen einen Weg durch die Menge, stieß das große Mädchen und ihr grobes Gefolge beiseite und fragte den Magier: »Wie haben Sie das gemacht?«

Seine Augen leuchteten auf, als er ihr Gesicht sah. Er hielt kurz inne, wie in Trance, ehe er leise antwortete: »Ich wette, du weißt genau, warum ich dir das nicht sagen kann.«

Leila dachte angestrengt nach. »Weil ein Zauberer seine Tricks nicht verrät?«

Der Mann gluckste und tippte ihr an die Stirn. »Du kannst wohl Gedanken lesen.«

»Nicht, dass ich wüsste ...« Leila rieb sich die Stelle, die er berührt hatte. Die übrigen Kinder drückten und drängelten von hinten. Sie ignorierte sie. »Waren Sie wirklich in Gefahr?«

»Ach, ich bin *immer* in Gefahr«, meinte der Mann mit einem Zwinkern.

Leila kicherte. »Ich will auch lernen, mich so zu befreien!«

»Tatsächlich?« Er kniff die Augen zusammen. »Nun, das erfordert jahrelange Übung. Wärst du dazu bereit?«

»Na klar! Ich würde jeden Tag vierundzwanzig Stunden üben, um zu werden wie Sie.«

»Arbeitseifer schadet nie«, sagte er nachdenklich. »Wie heißt du denn?«

»Leila«, antwortete sie.

»*Leila*«, wiederholte er. »Was für ein schöner Name! Und wie lange wohnst du schon hier bei Mutter Margaret?«

»Mein ganzes Leben.«

Er schwieg einen Moment. »Ich würde dich gern noch einmal besuchen, Leila. Wäre dir das recht?«

Leila wurde rot. »Mehr als recht!«, rief sie aus. »Vielleicht könnten Sie mir dann ein, zwei Tricks beibringen?«

»Ja, vielleicht …« Er lächelte, und um seine Augenwinkel herum bildeten sich Fältchen. Anschließend hob er die Hände und presste die Handflächen zusammen. Als er sie wieder auseinanderführte, war plötzlich ein weiches weißes Seil dazwischen gespannt. Er ließ das eine Ende los und senkte das Seil langsam in Leilas Hand. »Für dich. Damit kann man so einiges anstellen. Wenn ich dir einen Rat geben darf: Ich würde verschiedene Knoten lernen. Die sind oft sehr hilfreich.«

Leilas Wangen wurden noch röter. Sie wollte die Arme um seinen Hals schlingen und sich bei ihm bedanken, aber sie hatte Angst, dass er sie für seltsam halten könnte.

Die übrigen Waisenkinder drängten sich an ihr vorbei, um den Magier um ein Autogramm zu bitten, doch das störte sie nicht. Er würde wiederkommen und sie besuchen. Und er würde ihr einen Trick beibringen. *Vielleicht.*

Sie wollte auf jeden Fall bereit sein und ihm im Gegenzug ein paar neue Knoten zeigen können.

Zurück im Zimmer, das sie mit fünf anderen Mädchen teilte, holte sie ein kleines Döschen aus dem Versteck hinter einem losen Ziegel in der Wand neben ihrem Bett. Darin lagen mehrere glitzernde Schlüssel.

Einer davon war ihr besonders wichtig. Als Leila damals als Baby auf den Stufen des Waisenhauses abgelegt worden war, hatte sie eine Schnur mit einem Schlüssel um den Hals gehabt, wie eine Kette. Natürlich erinnerte sie sich nicht daran, sie wusste es nur, weil Mutter Margaret es ihr erzählt hatte. Dieser erste Schlüssel hatte Leila dazu inspiriert, nach anderen zu suchen, überzähligen oder verloren gegangenen. Sie hoffte, eines Tages eine interessante Sammlung von Schlüsseln jeder Form und Größe zu besitzen.

Als sie ihre bisherige Auswahl betrachtete, dachte sie noch einmal an die Zaubershow, daran, wie der Magier es geschafft hatte, sich aus den viel zu engen Ketten zu befreien. Zum allerersten Mal hatte sie das Gefühl, dass etwas in ihrem Inneren entfesselt worden war: der Wunsch auszubrechen. Und zwar *richtig*.

Als der Mann mit den weißen Locken ein paar Tage später mit seinem Ehemann zurückkehrte und sie adoptierte, wurde ihr Wunsch wahr – wie von Zauberhand.

ZWEI

Jahre später lag Leila Vernon in der Wohnung über Vernons Zauberladen auf ihrem großen Bett und konnte nicht schlafen. Bilder von dunklen Schränken schossen ihr durch den Kopf, sobald sie die Augen schloss. Die dünne Patchworkdecke über ihrem drahtigen Körper schützte sie mehr schlecht als recht vor der kalten Luft, die durchs offene Fenster hereinströmte.

Ihr Zimmer ging zur Main Street hinaus. Der orangefarbene Schein der Straßenlaternen ließ die Schatten von Ästen und Blättern an den Wänden und der Decke

tanzen. Die Bäume draußen wiegten sich zum leisen Lied der Heuschrecken und Frösche in den sanften Hügeln, die Mineral Wells umgaben.

Vor dem Schlafengehen hatten Leilas Väter sie zugedeckt, ihr einen Gutenachtkuss auf die Wange gedrückt und ihr schöne Träume gewünscht. Doch so etwas konnte sie nicht vor den Erinnerungen an ihr altes Leben bewahren. Die schauten meist mitten in der Nacht vorbei. Manchmal waren sie wie ungebetene Gäste, die blieben, nachdem man schon mehrfach auf die späte Uhrzeit hingewiesen hatte. Manchmal versuchten sie sich einzuschleichen wie ungeschickte Einbrecher, die keine Ahnung hatten, wie man ein Schloss knackte. Und manchmal drangen sie wie Schwefeldampf durch Risse und Ritzen in den Wänden, hüllten Leila ein, brachten sie zum Husten und brannten ihr in den großen braunen Augen.

Wenn die bösen Erinnerungen zu stark wurden, ließ Leila ihre Gedanken zu ihrer Adoption zurückwandern, klammerte sich an die gute Erinnerung, damit sie sie beschützte. Manchmal funktionierte es. Aber manchmal war es in den verschlossenen Schränken so dunkel, dass sie nichts sehen konnte.

Besonders nach allem, was vor ein paar Wochen mit B. B. Bosso und seinem Räuberrummel passiert war …

Leila blinzelte zur Zimmerdecke hinauf und fühlte sich gleichzeitig gesegnet und verflucht – glücklich über ihr Zuhause und ihre Familie, genervt von der Vergangenheit, die ständig anklopfte und hereingelassen werden wollte. *So hat das keinen Sinn,* dachte sie, schlug die Decke zurück und stapfte zum Bücherregal hinüber.

Als sie ihre Blechdose aus dem Geheimversteck holte, klapperte es laut. Rasch presste sie die Dose an die Brust, damit der Lärm ihren nigelnagelneuen Cousin Carter im Nebenzimmer nicht aufweckte.

Sie öffnete den Deckel und begutachtete ihre Schlüsselsammlung, die seit dem Umzug nach Mineral Wells beträchtlich gewachsen war. Ganz oben jedoch lag noch immer ihr allererster Schlüssel, der mit der Schnur daran. Leila hob ihn an und ließ ihn hin und her schwingen wie das Pendel eines Hypnotiseurs.

Dabei dachte sie an Bosso und Carter und den Rest der Magischen Sechs. Carter quälten bestimmt auch böse Erinnerungen an sein früheres Leben. Ob er wohl je über seine verschwundenen Eltern nachgrübelte, so wie Leila sich gelegentlich fragte, warum ihre Eltern sie

in jener dunklen, kalten Nacht ausgesetzt hatten? Die übrige Zeit dachte sie überhaupt nicht an sie. Sie schloss die Hand so fest um den kühlen Schlüssel, als wollte sie ihn mit dem Abdruck auf ihrer Haut nachmachen lassen. Ihr Körper wärmte das Metall, und das Metall wärmte ihren Körper und besänftigte ihren Geist.

Plötzlich drangen Geräusche in ihr Zimmer: Ein Stuhl schrappte über Dielen, ein Stapel Bücher fiel aus einem Regal, Dinge landeten auf dem Boden. Dann ertönte ein schriller, ängstlicher Schrei.

DREI

Leila rannte auf den dunklen Flur. Sofort flogen kleine, scharfe Gegenstände herbei und pikten auf sie ein wie ein Schwarm wütender Vögel. Mit einem Aufschrei tastete sie nach dem nächsten Lichtschalter. Ein sanfter Schein erhellte den Flur.

Carter kauerte vor seiner Zimmertür und ließ Spielkarten aus der Hand schießen. (Doch keine wütenden Vögel, ein Glück!) Leila wehrte sie ab. »Carter, ich bin's bloß!«

Er hielt inne. »O Mann, tut mir leid.«

Sein blondes Haar war verwuschelt, und auf seiner Wange prangten rote Abdrücke vom Kopfkissen. Offenbar war er von den lauten Geräuschen geweckt worden. Und natürlich hatte er sich, bevor er nach draußen gestürmt war, seine Lieblingswaffe geschnappt: einen Stapel Spielkarten. »Alles okay?«, fragte er.

Leila nickte. »Hast du den Krach und den Schrei auch gehört?«

Ehe Carter antworten konnte, rumste es noch einmal, und zwar in Mr Vernons Büro. Es klang, als würde jemand gegen die Möbel laufen und alles umwerfen.

Leila und Carter hämmerten an die Tür. Drinnen stieß Leilas Dad ein gedämpftes Ächzen aus. Carter drehte am Knauf, doch die Tür war zugesperrt. Schnell holte Leila ihre Glücksdietriche aus der Nachthemdtasche und machte sich ans Werk. Ein paar geschickte Bewegungen später schwang die Tür wie von Zauberhand auf.

Dante Vernon stand in einer Ecke des Zimmers. Seine weißen Locken waren zerzaust, seine dunklen Augen so rund wie die Kristallkugeln, die er unten im Zauberladen verkaufte. Er keuchte, als wäre er gerade einmal um den Block gesprintet. »Ah, gut«, sagte er mit einem

knappen Lächeln. »Jetzt weiß ich zumindest, dass ich nicht träume. Bitte schließt die Tür hinter euch, sonst macht es sich noch mit meinem Buch aus dem Staub.«

Verwirrt befolgte Leila die Anweisung.

»*Es?*«, hakte Carter nach. »Was meinst du damit?«

Mr Vernon deutete unter seinen Schreibtisch. Ein grässliches Kreischen erklang von dort.

Leila und Carter zuckten zusammen.

»Ich bin über meinem Kassenbuch eingedöst und erst wieder aufgewacht, als irgendetwas es mir unter der Hand weggerissen hat«, erklärte Mr Vernon. »Das Vieh hat sich durchs Fenster hereingeschlichen. Es ist ungemein wichtig, dass wir mein Buch zurückbekommen. Verstanden?«

Leila und Carter nickten.

»Carter, wirf mir das Seil vom Tischchen neben dir zu.« Carter tat, wie ihm geheißen, und Mr Vernon fing das dünne weiße Seil mit einer Hand. »Okay. Leila, wenn ich es sage, ziehst du den Stuhl weg. Bereit? Auf drei.«

Leila nickte erneut, obwohl sie sich nicht einmal ansatzweise bereit fühlte. Aber so war das als Vernon und als Mitglied der Magischen Sechs. Man vertraute seiner

Familie und seinen Freunden … selbst wenn sie einen baten, ein geheimnisvolles Wesen zu fangen, das sich mitten in der Nacht in ihr Büro gestohlen hatte.

»Eins …«

Leila machte vorsichtig einen Schritt auf den Stuhl zu.

»Zwei …«

Das Ding unter dem Tisch knurrte. Ihr schlug das Herz bis zum Hals.

»Drei!«

Leila zog den Stuhl weg, während ihr Dad sich unter den Tisch warf. Ein Wirbel aus hellem Fell flitzte über seinen Rücken, huschte auf die gegenüberliegende Wand zu und sprang in den Schatten einer großen Zimmerpflanze.

»Was war das?«, rief Carter, eher neugierig als erschrocken. Leila beugte sich vor. Das Wesen war ungefähr dreißig Zentimeter groß und sah aus wie ein Kobold, seinem Umriss nach zu urteilen.

Mr Vernon richtete sich wieder auf und strich sich das Haar aus dem Gesicht. Mit einem Schnalzen seines Handgelenks wurde das weiche Seil starr und verschlang sich wie ein Lasso zu einer Schlaufe. »Zurück mit euch, Kinder! Ich erledige das.«

»Warte kurz, Dad.« Leilas Stimme zitterte. Sie hob eine umgekippte Lampe auf und leuchtete damit in Richtung der Zimmerpflanze.

Jetzt erkannten sie das Wesen ganz deutlich. Es war dünn und klein, hatte einen langen Schwanz, trug ein schwarzes Band mit Nieten um den Hals und schaute sie aus ängstlichen dunklen Augen an. Dann kreischte es noch einmal. Es war ein Affe!

Wahrscheinlich denkst du gerade: Sollte ich mich jemals in einer solchen Situation befinden, würde ich mich auf die Knie fallen lassen, die Arme ausbreiten und »Komm kuscheln, Kleiner!« rufen. Aber ich versichere dir, nachtaktive Affendiebe sind längst nicht so süß, wie du sie dir vorstellst.

»Das ist B-Bossos Affe«, flüsterte Carter. »Da b-bin ich mir sicher.«

Mr Vernon hob den Finger an die Lippen. Der Affe fauchte und schien sich zum Sprung bereit zu machen. Da schnippte Carter mit den Fingern und hielt plötzlich einen Keks in der anderen Hand.

Das war ein einfacher Trick, den jeder gute Magier irgendwann einmal anwendet. Hast du ihn auch schon ausprobiert? Es handelt sich um eine *Manipulation* in Kombination mit einer *Irreführung*. Du versteckst etwas in deiner Handfläche, und während du es offenbarst, sorgst du mit der anderen Hand für eine Ablenkung. In diesem Fall schnippte Carter mit den Fingern der einen Hand, um die Aufmerksamkeit des Affen zu erregen, bevor er ihm den Keks in der anderen zeigte.

Nach so vielen Jahren auf der Straße hatte Carter immer einen Vorrat an Leckereien in der Tasche, wie Leila schon öfter aufgefallen war. Diese Angewohnheit war manchmal ganz praktisch.

Das Fauchen des Affen verstummte, als er den Keks entdeckte. Carter schnippte noch einmal mit den Fingern, und aus einem Keks wurden zwei. Der Affe gurrte leise, als er sich langsam näherschob. Dann schnappte er sich beide Kekse und stopfte sie sich ins Maul. Mit zufrieden glänzenden Augen kaute und schluckte er.

Leila lachte. So handzahm war das Tier deutlich weniger unheimlich. Sie schlich sich von hinten an, während Carter wieder mit den Fingern schnippte und noch einen Keks hervorzauberte, und noch einen. Der Affe

war derart fasziniert vom süßen Naschwerk, dass er Leila erst bemerkte, als sie ihm das Buch wegnahm und es ihrem Vater zuwarf, der es in die große Innentasche seines Umhangs steckte. Hin- und hergerissen ließ der Affe den Blick von den Keksen zum Buch und zurück zu Carters Hand wandern, in der auf einmal ganz viele Kekse lagen. Schließlich hörte er auf seinen Instinkt und entschied sich für die Kekse. (Wer würde das nicht? Kekse sind köstlich!)

Carter legte eine Keksspur zu Mr Vernon, der mit dem magisch versteiften Seil bereitstand und Leila zunickte, damit sie blieb, wo sie war, und sich das kleine Pelzknäuel im Zweifel schnappen konnte. Es kroch näher und näher. Mr Vernon wollte es gerade packen, als …

Es klopfte, und eine Stimme rief: »Dante? Alles in Ordnung da drin?« Der Affe quiekte und flüchtete sich mit scharrenden Krallen in den Schatten auf der anderen Seite des Zimmers.

Die Bürotür flog auf, und Leilas Paps kam im gestreiften Pyjama besorgt hereingestürmt. Als er das Chaos bemerkte, wurden seine Augen kugelrund.

»Mach die Tür zu!«, rief Leila. Doch ehe er reagieren konnte, huschte ein heller Fellblitz mit einem Affenzahn

zwischen seinen Füßen hindurch auf den Flur. Leilas Paps stieß einen erschrockenen Schrei aus.

»Hinterher!«, kommandierte Mr Vernon.

Leila und Carter stürzten an Leilas verdutztem Paps vorbei und folgten dem Tier bis zu Leilas Zimmer. Zu ihrem Entsetzen fiel Leila ein, dass sie die Tür offen gelassen hatte – und das Fenster!

Sie erreichten die Schwelle rechtzeitig, um den Schwanz des Affen übers Fensterbrett peitschen und in der Dunkelheit verschwinden zu sehen.

* * *

Leila machte es sich mit Carter auf dem Sofa gemütlich, während ihr Paps – ihre Freunde nannten ihn nur *den anderen Mr Vernon* – auf dem Herd in der Küche Milch erwärmte. Er war der Chefkoch des Berghotels. Zwar war er kein Magier, aber er zauberte die besten Mitternachtssnacks. »Gleich fertig!«, rief er ins Wohnzimmer.

Leilas Dad – *Mr Dante Vernon* für die allermeisten – stand am Fenster im Flur und telefonierte. Er starrte hinaus auf die dunkle Straße, als wartete er auf jemanden, der nach seinem vermissten Affen Ausschau hielt.

»Glaubst du, Bosso ist wieder da?«, fragte Carter Leila flüsternd.

»Hoffentlich nicht«, antwortete sie leise.

»Verstehe. Ja, vielen Dank. Und bitte entschuldigen Sie noch einmal, dass ich Sie so spät gestört habe.« Damit legte Mr Vernon auf und kam zurück ins Wohnzimmer. »Soweit die Beamten wissen, sitzt Bosso immer noch hinter Gittern, weit weg von hier, zusammen mit dem Rest seiner Betrügerbande.«

»Außer den Trauerclowns.« Carter fröstelte. »Die sind entwischt.«

»Genau wie sein Affe offensichtlich«, ergänzte Mr Vernon. »Wir haben ja gerade am eigenen Leib erfahren, wie ausgebufft das Vieh ist.«

»Warum wollte er dein Buch stehlen, Dad?«, fragte Leila.

Mr Vernon holte das Buch aus der Umhangtasche. Es sah aus wie eins der Kassenbücher aus dem Zauberladen unten, von denen Dutzende hinter dem Verkaufstresen lagen.

Mr Vernon schlug den marmorierten Pappeinband auf. Dahinter verbargen sich seitenlange Tabellen mit Namen und Preisen von Produkten. »Das, meine liebe

Tochter, ist mir ein Rätsel. Könnte ich in die Köpfe von Tieren schauen und ihre Gedanken lesen, wäre ich wohl der mächtigste Magier im gesamten Land.«

»Vielleicht hatte er es gar nicht auf das Buch abgesehen«, wandte Carter ein. »Wenn die Trauerclowns ihn zurückgelassen haben, hatte er bestimmt Hunger. Wahrscheinlich war er auf der Suche nach etwas zu fressen und hat sich verlaufen. Der Arme ist ganz allein und braucht ein Zuhause.«

Mr Vernon lächelte. »Alles ist möglich, solange man fest daran glaubt. Fürs Erste schlafen wir wohl trotzdem besser mit geschlossenen Fenstern.«

»Aber dann wird es ziemlich stickig hier drin«, sagte Leila.

Mr Vernon zuckte belustigt mit den Schultern. »Ach, da haben wir schon Schlimmeres überlebt …«

In diesem Augenblick kam der andere Mr Vernon mit einem Tablett durch die Tür, auf dem dampfende Tassen und ein Teller mit Schokokeksen standen. »Süßes für meine Süßen! Trinkt aus, und dann schnell zurück ins Bett mit euch.«

Als Mr Vernon das Fenster im Flur zuschob, meinte Leila, ein leises Kreischen in der Dunkelheit draußen zu hören. War der geheimnisvolle Affe wütend auf sie, weil sie ihn hatten fangen wollen? Oder hatten nur die alten Fenster gequietscht? Sie war sich nicht sicher.

Also nahm sie einen Schluck aus ihrer Tasse, damit die heiße Milch mit Honig ihren flauen Magen beruhigte.

VIER

»Zieh eine Karte, irgendeine!« Carter fächerte einen Satz Spielkarten auf.

Ridley Larsen hob eine Augenbraue, legte den Kopf schief und bedachte ihn mit einem vernichtenden Blick. »Bevor wir neue Tricks auspacken, sollten wir vielleicht das elfte Treffen der Magischen Sechs offiziell eröffnen.«

»Wie du meinst«, erwiderte Carter grinsend und teilte die Spielkarten in fünf Stapel, die er in einer großen Bewegung herumwirbeln ließ. Dann öffnete er die Fäuste und zeigte seine leeren Hände. Alle staunten.

»Boss?«, fragte Izzy Golden. »Ich würde Ridley eher als unsere Königin bezeichnen.«

»*Königin* ist viel zu gewöhnlich«, meinte ihr Zwillingsbruder Olly neckend. »*Kaiserin* klingt besser.«

»Dir klingt gleich der Schädel, wenn ich dir eine scheppere.«

»Klingen, scheppern – das ist Musik in meinen Ohren!«

Die Sommerferien hatten begonnen, und auf der Main Street wimmelte es von Touristen aus dem Berghotel und Kindern, die den sonnigen Nachmittag genossen. An jeder Ecke boten Verkäufer ihre Waren an: Eiscreme, Schokolade, Karamellpopcorn, Milchshakes.

Doch die Magischen Sechs interessierten sich nicht dafür, was draußen los war. Sie hatten sich in ihr fensterloses Geheimquartier hinter einem Bücherregal im Zauberladen gezwängt. Es war ziemlich eng, aber das machte ihnen nichts aus. Sie gingen ihrem liebsten Zeitvertreib nach: zaubern üben.

Ridley griff in Carters Ärmel und zog die Spielkarten hervor, die er dort versteckte. »Hey«, rief er. »Das ist nicht fair. Stehlen ist uncool, Ridley!«

»Stehlen?« Ungerührt mischte Ridley die Karten neu und hielt sie den anderen hin. Sie hatten sich in lilafarbene Karteikarten verwandelt, auf denen in schwarzer Tinte Punkte und Striche prangten. »Diese Morsezeichenkarten habe ich von zu Hause mitgebracht. Deine Spielkarten sind noch in deinem Ärmel, Carter.«

Stirnrunzelnd schaute Carter nach. Tatsächlich! Die Karten waren noch da. Anscheinend war Ridley nicht nur ein Ausnahmetalent im Verwandeln, sondern konnte auch die Gesichtsfarbe ihrer Mitmenschen ändern. Carters blasse Wangen hatten sich nämlich vor Verlegenheit tiefrot gefärbt.

»Nicht schlecht«, bemerkte Theo Stein-Meyer.

»Danke«, erwiderte Ridley. »Würdest du die hier für mich verteilen?«

Mit seinem Geigenbogen ließ Theo die Übungskarten eine nach der anderen zu den Mitgliedern des Zauberclubs schweben. Seine Schwebekünste waren sein bestgehütetes Geheimnis. Als er fertig war, steckte er den Bogen zurück in die Tasche seiner Frackhose.

»Ich hoffe, ihr habt geübt«, fuhr Ridley fort. »Je eher wir das mit dem Morsen draufhaben, desto besser. Dann können wir uns im Geheimen verständigen.«

»Ach, Ridley, ich glaube nicht, dass so etwas wie mit Bosso gleich noch mal passiert«, sagte Leila.

»Und trotzdem ist vor ein paar Tagen sein Schoßaffe in Mr Vernons Büro eingebrochen und wollte ein Kassenbuch klauen.« Ridley funkelte sie an. »Ihr sucht doch bloß nach Ausreden, um eure Zauberhausaufgaben nicht machen zu müssen!«

Leila ging nicht auf den Vorwurf ihrer Freundin ein. Sie stand etwas abseits von den anderen in der hinteren Ecke des Zimmers. Früher hatte sie kleine Räume gehasst, aber inzwischen fand sie sie gar nicht mehr schlimm. Im Geiste tüftelte sie einen Fluchtweg aus, der sie in unter fünf Sekunden an Ridleys Rollstuhl vorbei und zwischen den anderen hindurch aus dem überfüllten Geheimquartier bringen würde. Solche Rätsel löste sie eigentlich ständig nebenbei im Kopf, nur für den Fall, dass sie sie irgendwann einmal auf der Bühne brauchte.

»Willst du anfangen, Leila?«, fragte Ridley.

Leila warf einen Blick auf ihre Karteikarte.

.-- . -. -./.. .... .-./

--.. ..- ... .- -- -- . -. ... - . .... -

Sie übersetzte: »*Wenn ihr zusammensteht …*«

Auch Carter las seine Geheimbotschaft vor: »*Und einander treu bleibt …*«

Als Nächstes war Theo an der Reihe. »*Kann euch nichts aufhalten.*«

Dann Ridley. »*Allein seid ihr schwach …*«

Und schließlich Olly und Izzy. »*Gemeinsam …*« Sie kämpften mit dem letzten Wort. »*Unbeliebter?*«

»Fast.« Ridley verdrehte die Augen. »Gemeinsam *unbesiegbar.*«

»Genau das hat die Wahrsagerin auf dem Rummel zu uns gesagt«, meinte Carter. »Schön, dass du dich noch daran erinnerst, Ridley.«

Vor dem Geheimquartier kassierte Mr Vernon gerade Kunden ab. Als sie weg waren, klopfte er an die Wand und rief: »Ist euch bewusst, dass draußen die Sonne lacht? Manche Leute finden, es ist ein *Verbrechen,* bei einem solchen Wetter drin zu sitzen.«

Leila wurde munter. Ihr geistiger Fluchtweg stand ihr klar und deutlich vor Augen. Sie duckte sich unter Theos Stuhl hindurch, sprang mit einem Satz über Ridleys Rollstuhl, lief zwei Schritte über die Wand hinter Carter, hielt die Luft an und quetschte sich seitlich an Olly

und Izzy vorbei. Dann öffnete sie die Tür und antwortete ihrem Dad: »Und würdest du dich zu diesen Leuten zählen?«

»Natürlich nicht, mein Schatz.« Mr Vernon zwinkerte und rieb sich das Auge, als wäre ein Staubkorn hineingeflogen. »Ich habe nur über die sprunghaft angestiegene Kriminalitätsrate in diesem Land gesprochen.«

»*Sprunghaft angestiegene Kriminalitätsrate*«, krächzte Fidibus, der berühmte grüne Papagei des Zauberladens, der auf seiner Stange neben dem Eingang thronte und Hof hielt. Mr Vernon rief ihn zu sich, hob die Hand, damit der Vogel kurz darauf landen konnte, und flüsterte ihm etwas ins Ohr, ehe er die Wendeltreppe zur Empore nahm.

»*Kraaak!*«, erwiderte Fidibus mit einem eigentümlichen Blinzeln und nickte einmal, um anschließend völlig zu verstummen und zu seiner Stange zurückzuflattern.

Mr Vernon blieb noch einmal stehen, als wäre ihm gerade etwas eingefallen. »Leila, ich weiß, ihr seid mitten in einem magischen Meeting, aber würdest du dich mit Carter kurz um den Laden kümmern? Ich muss meine Verschwindetinte suchen, die ist verschwunden.«

Leila kicherte. »Klar, kein Problem.« Sie drehte sich zu Carter, Theo, Ridley, Olly und Izzy und winkte sie aus dem Geheimquartier.

»Wie blöd«, maulte Ridley, als sie herausgerollt kam. »Es ist schöner, wenn unsere Treffen da drin stattfinden. Im Dunkeln. Das ist viel magischer!«

»Magischer als ein echter *Zauberladen*?«, fragte Theo. Olly und Izzy fassten sich an den Händen und tanzten durch den Raum, bevor sie so taten, als wäre ihnen schwindelig, und sich zu Boden plumpsen ließen. Leila schloss die Geheimtür hinter dem Regal, während Theo seinen Geigenbogen über Ridleys Kopf hielt. Ihr Notizbuch stieg in die Luft und schwebte knapp außerhalb ihrer Reichweite.

»Gib das zurück«, knurrte sie und packte Theo am Frack.

»Ganz ruhig, Tiger …« Carter schnappte sich das Notizbuch und reichte es ihr. »Vertragt euch!«

Ridley versetzte Theo einen Knuff gegen die tiefschwarze Fliege, die daraufhin ein senfgelbes Karomuster annahm. Beim Blick in den riesigen Spiegel an der Wand zog Theo eine Grimasse und rückte seine Frackjacke zurecht. Er sah immer aus, als wäre er auf dem Weg

zu einer schicken Party. »Nun ja, du kannst sogar diese Farbe tragen«, sagte er zu sich selbst und zwinkerte Ridley zu. Die zwinkerte zurück.

»Okay«, rief Leila. »Jetzt, wo wir das mit den Hausaufgaben erledigt haben, fangen wir mit dem eigentlichen Treffen an.«

»Hey, das ist mein Spruch!«, protestierte Ridley. »Hiermit erkläre ich die elfte Zauberzusammenkunft der Magischen Sechs für eröffnet.« Sie hatte die Stimme erhoben, um wie die Bürgermeisterin zu klingen, wenn sie eine Festrede im Stadtpark hielt.

»Hört, hört«, sagte Theo.

»Du hast die Anwesenheitsliste vergessen«, meinte Carter.

Stöhnend verlas Ridley die Namen der Zauberclubmitglieder, die nacheinander die Hand in die Höhe reckten. Dann protokollierte sie alles sorgsam in ihrem Notizbuch.

»Das kann ich doch machen«, bot Carter an.

Widerwillig übergab Ridley ihm Buch und Stift. »Hat jemand etwas zu berichten?«

»Na, vom Affeneinbruch haben wir euch ja erzählt«, sagte Leila. »Das waren meine Neuigkeiten.«

HOUDINI
ZAUBER-SET

Ridley fragte in die Runde: »Sonst noch was, das wir ins Protokoll aufnehmen sollten?« Und als niemand sich zu Wort meldete: »Die Magischen Sechs haben keine Geheimnisse voreinander, schon vergessen?«

»Ich bin völlig geheimnisfrei«, versicherte Carter.

Leila dachte an ihre Blechdose mit den Schlüsseln, von der wirklich nur sie wusste. »Ich auch«, sagte sie dann laut.

»Manche Geheimnisse sind es wert, gehütet zu werden«, befand Theo kühl und gefasst. »Ich zumindest habe nicht vor, euch in naher Zukunft all meine Tricks zu verraten.«

Ehe Ridley ihren Freund ermahnen konnte, schwang die Tür des Zauberladens auf, und die kleine Glocke klingelte.

Leila spähte um ein Regal herum und entdeckte einen Mann und eine Frau, die wie Touristen aus dem Berghotel aussahen. Da ihr Dad immer noch oben war und nach seiner Verschwindetinte suchte, eilte sie zu ihnen. »Willkommen in Vernons Zauberladen, wir bieten das Unmögliche feil. Brauchen Sie etwas Bestimmtes? Ich finde es für Sie.« Und mit einem Augenzwinkern fügte sie hinzu: »Oder lasse es für Sie verschwinden.«

Fidibus schlug auf seiner Stange aufgeregt mit den Flügeln und kreischte: »*Lila Iltisse stellen tollwütig einem Igel nach, graue Elefanten fliegen auf Houdinis Rücken! Lila Iltisse stellen tollwütig einem Igel nach, graue Elefanten fliegen auf Houdinis Rücken!*«

»Beachten Sie ihn gar nicht.« Leila lächelte den verwunderten Kunden zu. Das Geplappere des Papageis erinnerte sie manchmal an Gedichte – ziemlich *seltsame* Gedichte. Jedenfalls ließ Fidibus nicht zum ersten Mal etwas Derartiges vom Stapel.

Carter tauchte neben den Touristen auf. »Schauen Sie sich gern um.«

Das Paar trat vorsichtig an einen Tisch mit Quarzkristallen, Glasaugen in riesigen Gefäßen und Fläschchen mit grünem Schleim.

»Warum redet Fidibus schon wieder so komisch?«, fragte Theo, der sich zu Leila und Carter an die Theke gesellt hatte. Er reckte den Hals, um Fidibus in

die Augen zu blicken, und schnippste, um ihn zu sich zu locken. Das funktionierte bei den Tauben, die er im Garten hielt, aber Fidibus war anders dressiert.

»Vielleicht will er ans Theater?«, schlug Ridley vor.

»Das wäre cool.« Leila klopfte sich auf die Schulter. »Komm her, Fidibus!«

Der Papagei jedoch kreischte nur noch einmal: »*Lila Iltisse stellen tollwütig einem Igel nach, graue Elefanten fliegen auf Houdinis Rücken!*«

Die Touristen starrten ihn finster an, tuschelten kurz und steuerten dann mit einem leisen »Danke« auf die Tür zu. Die Glocke klingelte, und sie waren fort. Leilas Wangen brannten vor Enttäuschung.

»Dieser Papagei hat einen Vogel«, meinte Ridley. »Im Gegensatz zu meinem Zylinderchen. Wo steckt er eigentlich?«

Carter kicherte. »Eines Tages zieht jemand von uns einen echten Zylinder raus und überreicht ihn dir.«

»Haha«, brummte Ridley finster. »Nicht witzig, Neuling. Pass bloß auf, sonst fliegst du aus unserem Club wieder raus, bevor du ›Hokuspokus‹ sagen kannst.«

»Das war doch nur ein Scherz«, flüsterte Theo und setzte Ridley ihr kleines Kaninchen auf den Schoß.

Aber das ließ sie nicht gelten. »Wenn ihr während unserer Treffen Scherze machen wollt, sollten sie zumindest lustig sein. Und Fidibus muss endlich lernen, den Schnabel zu halten.« Theo hob tadelnd die Augenbraue. »Ach, komm schon«, rief Ridley. »Ihr wisst genau, dass ich euch alle –«

PING! Wie aus dem Nichts landete eine große Münze auf dem Tisch, prallte zweimal ab, rollte auf der Kante im Kreis und fiel um.

»Dad, warst du das?«, rief Leila nach oben, aber Mr Vernon war nirgendwo zu sehen.

Ridley griff nach der Münze und betrachtete sie. Theo und die anderen schauten ihr neugierig über die Schulter.

»Da stehen die Buchstaben A bis Z«, bemerkte Olly.

»Und darunter umgekehrt, z bis a«, ergänzte Izzy.

»Das ist *Atbasch*«, flüsterte Ridley.

»Was?«, fragte Carter.

»Atbasch – eine Verschlüsselung, ein Code. Hier, guckt mal: Wenn ich damit KATZE schreiben würde, käme PZGAV heraus. Und bei HUND SFMW.«

»Wahnsinn«, hauchte Leila.

Ein Schatten tauchte vor dem Schaufenster auf. »Noch mehr Kunden«, sagte Carter. Rasch versteckte Ridley die Münze im Geheimfach ihres Rollstuhls.

Die Glocke klingelte. Leilas Herz machte einen Satz. Vielleicht hatte das Touristenpaar sich umentschieden und war zurückgekommen. Doch stattdessen rief eine fremde Stimme: »Hallo? Ist hier jemand?«

WIE MAN ...

eine Karte verwandelt, indem man sie schüttelt!

Wer ist da gerade in den Zauberladen gekommen? Das verrate ich dir noch nicht. Du kannst natürlich zum nächsten Kapitel springen und es herausfinden. *Oder* du bleibst hier und lernst selbst ein bisschen zaubern.
Ach, du bleibst? Wirklich toll, dich wiederzusehen. Lernwillige Lehrlinge sind die besten. Hast du die Tricks geübt, die ich dir im ersten Band gezeigt habe? Dann kannst du am Ende dieses Bandes vielleicht schon eine ganze Show auf die Bühne bringen!

DU BRAUCHST:

Einen Satz Spielkarten

HILFREICHE TIPPS (WO DU STEHEN SOLLTEST):

Stelle dich für diesen Trick so dicht vor dein Publikum, dass es auf die Karten in deiner Hand hinunterschaut.

SO GEHT'S:

1. Halte den Kartenstapel in einer Hand und zeige den Zuschauern mit der anderen eine zufällig ausgewählte Karte. Bitte sie, dir zu sagen, welche es ist.

2. Währenddessen schiebst du unauffällig den kleinen Finger unter die oberste Karte des Stapels, bis eine Lücke entsteht.

3. Lege die erste Karte zurück auf den Stapel, und zwar genau auf die angehobene. Jetzt befinden sich also zwei Karten leicht über dem restlichen Stapel.

4. Fasse die Ecken dieser zwei Karten mit dem Daumen und Mittelfinger der freien Hand, hebe sie hoch und biege sie leicht durch.

(Tipp: Beide Karten sollten wirklich exakt übereinander liegen, damit es aussieht, als hättest du nur die erste Karte in der Hand.)

5. Bewege die Hand schnell hin und her, bis die vordere Karte für das Publikum verschwimmt. Dann halte die Hand still und bitte jemanden, die Karte zu nennen. Anschließend schüttele sie wieder.

6. Gleichzeitig legst du den Zeigefinger auf die obere Kante, ziehst sie zu dir und drehst die Karten so um.

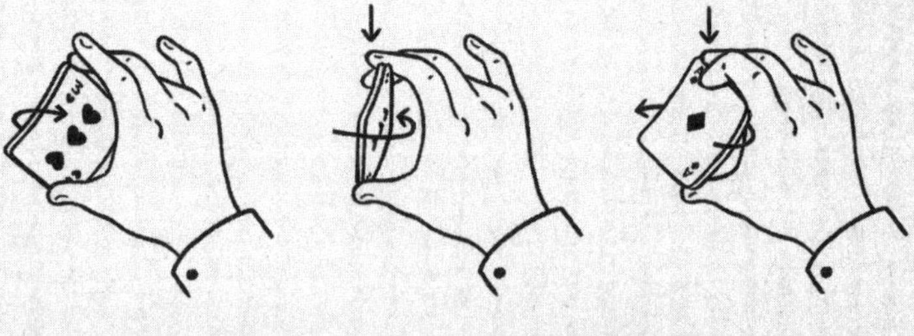

(Tipp: Die Karten drehen sich an deinem Daumen und Mittelfinger.)

7. Hör langsam auf zu schütteln und zeige deinen Zuschauern die verwandelte Karte.

8. Verbeuge dich!

FÜNF

Eine Frau stand an der Theke.

»Bitte entschuldigen Sie«, rief Leila atemlos, ehe sie ihr übliches Sätzchen aufsagte: »Willkommen in Vernons Zauberladen, wir bieten das Unmögliche feil. Kann ich Ihnen helfen?«

»Hallöchen«, antwortete die Frau. »Na, das hoffe ich doch.« Sie war mittelgroß, hatte honigfarbene Haut, braune Locken, die wie ein Wasserfall über ihre Schultern fielen, und funkelnde Augen von der gleichen dunklen Farbe wie Leilas.

Leila war völlig verzaubert. Ihre Finger zitterten, ihr Mund wurde trocken. Sie blinzelte, als wollte sie ein Foto für ihr Gehirn schießen. Die Wimpern der Frau waren lang und dicht und von einer dicken Schicht schwarzem Mascara umhüllt. Ihre rubinroten Lippen kräuselten sich unter der kecken Nase zu einer kleinen Blüte. Sie hatte ein violettes Umhängetuch mit gelben Fransen um die Schultern und einen zarten fliederfarbenen Schal um die Hüfte geschlungen. Auf ihre große weinrote Samthandtasche war eine Kristallkugel gestickt. Am faszinierendsten aber waren die riesigen weißen Sterne an ihren Ohren. Diese Frau sah aus, als würde sie hierhergehören, als wäre sie direkt aus dem Schaufenster des Zauberladens gesprungen.

»Wir haben alles, was man als Magierin braucht.« Leilas Stimme brach.

»Ich suche jemanden.« Die Frau ließ den Blick durch den Laden huschen. »Einen alten Freund. Er heißt Dante. Dante *Vernon.* Sein Nachname steht an der Tür.«

»Weil es sein Laden ist.« Carter trat vor. »Er ist mein Onkel zweiten Grades und Leilas –«

»Halt, halt, halt«, unterbrach Ridley ihn plötzlich, rollte um Leila und ihn herum und stellte sich direkt vor

die Frau. »Wie wär's, wenn Sie uns erst einmal verraten, wer *Sie* sind, bevor wir weiterreden? Wir hatten hier in letzter Zeit ein wenig Ärger.«

»Ärger?«, fragte die Frau mit aufgerissenen Augen und presste sich das Umhängetuch an die Brust. »Wie schrecklich!«

»Meine Freunde sind manchmal sehr vertrauensselig. Ich nicht. Was wollen Sie von Mr Vernon?«

»Sandra?« Mr Vernon umklammerte das Geländer der Empore über ihnen. »Sandra Santos? Bist du es wirklich?«

»Dante!«, rief die Frau.

Sandra Santos. Der Name sagte Leila nichts.

Sandra breitete zur Begrüßung die Arme aus, während Mr Vernon die Wendeltreppe heruntereilte.

»Ich dachte schon, meine alten Augen würden Gespenster sehen. Wie lange ist es jetzt her? Jahrzehnte! Was machst du hier?« Er zwängte sich an den Magischen Sechs vorbei, hielt vor der Frau an und musterte sie verblüfft. Schließlich umarmte er sie zögernd, fast widerstrebend.

Sandra lächelte und drückte ihn fest. »Ach, ich war in der Gegend und dachte, ich schaue kurz vorbei.«

»*Lila Iltisse stellen tollwütig einem Igel nach, graue Elefanten fliegen auf Houdinis Rücken!*«, kreischte Fidibus wieder von seiner Stange neben der Tür aus. Die Kinder zuckten zusammen und stöhnten.

Mr Vernon bedachte den Papagei mit einem liebevollen Blick. »Ja, ja, das wissen wir, du fantastischer Vogel.« Fidibus schlug noch einmal mit den Flügeln und schloss die Augen. *Endlich.* Mr Vernon legte Leila eine Hand auf den Kopf. »Darf ich dir meine Tochter Leila vorstellen?«

»Hallo.« Leila reichte Sandra die Hand.

Die schüttelte sie sanft. »Schön, dich kennenzulernen.«

Anschließend berührte Mr Vernon Carter an der Schulter und schob ihn einen Schritt vor. »Und dieser hübsche Junge ist mein Neffe zweiten Grades Carter Locke.«

»Locke?«, fragte Sandra. »Wie …?«

»Lyles Sohn«, bestätigte Mr Vernon. »Er lebt hier. Unsere kleine Familie ist rasant gewachsen.«

Carter starrte Sandra staunend an. Leila konnte sich gut vorstellen, was er gerade dachte. Vermutlich war er fasziniert, dass diese Frau seinen Vater gekannt hatte.

Mr Vernon fuhr fort: »Diese zwei sind Theo Stein-Meyer und Ridley Larsen, und das todschicke Duo dahinten sind die Golden-Zwillinge Olly und Izzy. Allesamt liebe Freunde.«

»Sie haben Carters Dad gekannt?«, fragte Leila.

»O ja«, antwortete Sandra. »Er war wie ein Bruder für mich.«

»Ein *Bruder*?« Mr Vernon grinste spöttisch. »Da würde mir aber ein anderes Wort einfallen.«

Sandra gluckste. »Ach, Dante. Du hast dich kein bisschen verändert. Du suchst immer noch nach Bedeutung, wo gar keine ist.«

»*Alles* hat eine Bedeutung«, beharrte Mr Vernon und nahm ihre Hände. »Ich schaue nur gründlicher hin als die meisten.«

»Wartet mal!«, rief Leila plötzlich und sprintete davon. Als sie wiederkam, hatte sie einen alten Bilderrahmen in der Hand. Ihre Freunde starrten sie an, als wäre sie verrückt geworden, aber das war ihr egal. Sie hielt Sandra das verblichene Foto vor die Nase und deutete auf das Mädchen rechts unten. »Das sind Sie, oder?« Das Mädchen saß neben Dante, Lyle, Bobby und den anderen Mitgliedern des Smaragd-Rings. Das war der ehemalige Zauberclub ihres Dads, der Leila und ihre Freunde zur Gründung der Magischen Sechs inspiriert hatte. Das Mädchen auf dem Bild hatte eine Kristallkugel in der Hand, die genauso aussah wie die Stickerei auf Sandras Handtasche.

Sandra fiel vor Überraschung die Kinnlade herunter. »Du liebe Güte, Dante, hast du das die ganze Zeit über aufbewahrt?«

»Natürlich. Es ist meine einzige Erinnerung an euch. Meine besten Freunde.« In seiner Stimme lag etwas Düsteres. Wehmut? »Es gibt nichts Besseres, als zu einem Club zu gehören.«

»Also waren Sie auch ein Mitglied des Smaragd-Rings?«, fragte Theo und beugte sich vor, wie um das junge Mädchen vom Foto in der älteren Frau vor ihm zu erkennen.

»Ganz genau.« Sandra nickte und gab Leila das Foto zurück. »Ich habe wunderbare Erinnerungen daran, wie wir in diesem alten Haus gespielt haben. Die schönsten meiner Kindheit.«

»Wie war Mr Vernon damals?«, erkundigte sich Ridley. »Auch so ein Freak wie heute?«

»*Freak?*« Mr Vernon warf ihr einen belustigten Blick zu.

»Na ja, Sie sind schon ziemlich seltsam«, beharrte Ridley. »Aber das mag ich an Ihnen.«

»Damals war Dante so seltsam, wie man nur sein kann«, meinte Sandra. »Und geheimniskrämerisch. Das waren wir alle. Und wir waren stolz darauf.«

Mr Vernon nickte. »Das stimmt wohl.«

»Was können Sie uns über Bobby Boscowitz erzählen?«, fragte Theo. »Er war vor Kurzem hier in Mineral Wells, und er ist nicht gerade der angenehmste –«

Mr Vernon räusperte sich und schloss die Ladentür. »Wie wär's, wenn wir dieses Gespräch bei ein paar Glä-

sern Eistee fortsetzen? Wir hätten auch noch reichlich Kekse im Angebot.«

»Das klingt hervorragend«, sagte Sandra.

»Carter, Theo, würdet ihr bitte den Klapptisch aus dem Keller holen?«, bat Mr Vernon, während er die Wendeltreppe zur Wohnung hinaufstieg. »Ihr könnt den Lastenaufzug benutzen. Leila, Ridley, ihr leistet Sandra Gesellschaft.« Er deutete zwinkernd auf seine alte Freundin. »Und du, Sandra, bleibst, wo du bist!«

»Ach, Dante«, erwiderte sie kichernd. »Anders als gewisse Mitglieder unseres Clubs habe ich die Kunst des Verschwindens nie gelernt.«

SECHS

Während Mr Vernon oben in der Wohnung die Erfrischungen vorbereitete, saßen Sandra und die Magischen Sechs im hinteren Teil des Zauberladens am kleinen Klapptisch aus dem Keller zusammen.

Leila erzählte gerade vom versuchten Diamantenraub im Berghotel. »Und dann hat eine aus Bossos Bande meinem Dad einen Knüppel übergezogen! Wir wussten sofort, dass wir ihn retten müssen.«

Staunend lauschte Sandra der Geschichte, als könnte sie kaum glauben, dass zwei ihrer Jugendfreunde so hef-

tig aneinandergeraten waren. Irgendwann gab sie zu: »Bobby war schon immer ein wenig … schwierig.«

»*Schwierig* ist eine interessante Bezeichnung für ihn«, brummte Ridley.

»Total *durchgeknallt* trifft es sicherlich besser«, ergänzte Carter.

Theo schüttelte angewidert den Kopf. »*Kriminell* ist das passendste Wort.«

»Seine Dinger waren so *krumm wie Spiralnudeln*«, warf Olly ein.

»Du meinst Fusilli«, verbesserte Izzy ihn.

»Gesundheit!«, erwiderte Olly. »Du hast doch geniest, oder? Apropos Bosso: Warum hat ein Diamantenräuber gern Pickel?«

»Weil sie so schön furunkeln, höhö«, antwortete Izzy.

Mr Vernon kam mit einem Tablett zurück. Darauf standen ein Krug Eistee, ein paar Gläser und ein Teller mit den Keksen, die Carter am liebsten hortete. »Lästert ihr wieder über mich, Kinder?«

Carter lachte. »Nein, über Bosso!«

»Dann sollte ich mich wohl mehr anstrengen. Es ist nie verkehrt, in aller Munde zu sein.« Mr Vernon stellte das Tablett auf den Tisch. »Bedient euch!«

Sandra schenkte den Tee ein. »Danke, Dante. Du bist seit jeher der Inbegriff von Höflichkeit.«

Mr Vernon setzte sich auf die Armlehne von Leilas Stuhl. »Nun, Sandra, was bringt dich nach all diesen Jahren zurück nach Mineral Wells?«

»Etwas Trauriges, leider.« Sandra warf den Kindern einen Blick zu, als würde sie abwägen, ob diese die Wahrheit ertragen konnten. Nach einer kurzen Pause sprach sie weiter. »Meine Mutter ist gestorben.«

»Das habe ich gehört. Das ist schon etwas her, oder?«

»Ja, ein paar Jahre. Es ist mir schwergefallen zurückzukehren. Zu viele … *Geister* der Vergangenheit. Aber meine Mutter hat mir das Haus hinterlassen. Ihr solltet mal sehen, in welchem Zustand es ist … Die reinste Ruine! Überall Kisten. Zentimeterdicke Staubschichten. Und unzählige ungebetene Gäste: Spinnen und Fliegen und Mäuse und Schlangen. Eine Heidenarbeit! Dafür beherbergt es auch teure Erinnerungen – besonders an dich, mein lieber Dante! Bitte entschuldige, dass du so lange auf meinen Besuch warten musstest. Durch meinen Beruf bin ich wirklich ständig unterwegs, und ich konnte mir erst jetzt richtig Zeit nehmen, um hier alles zu regeln.«

»Warum sind Sie ständig unterwegs?«, hakte Carter zwischen zwei Schlucken Eistee nach. »Ich meine, was machen Sie beruflich?«

»Tja, nun, ich bin ein Medium. Ich trete im ganzen Land vor Tausenden von Zuschauern auf.« Die Magischen Sechs starrten Sandra an, als hätte sie ihnen gerade verkündet, dass sie die erste Frau auf dem Mond gewesen sei. »Vielleicht habt ihr schon von mir gehört? Ich nenne mich Madame Esmeralda.«

»*Die* Madame Esmeralda?«, fragte Theo atemlos. »Sie sind mir gleich bekannt vorgekommen. Ihre Plakate hängen in einigen Konzertsälen, in denen mein Vater mit seinem Symphonieorchester spielt.«

»Ich habe noch nie eine Berühmtheit getroffen«, sagte Carter.

»Berühmtheit?« Sandra lachte. »Na ja, vielleicht ein bisschen. Der Job macht mir ausgesprochen Spaß. Ich lerne viele neue Leute kennen und sehe die schönsten Städte.«

»Ich dachte immer, echte Medien gäbe es nur im Märchen«, bemerkte Ridley mit gerunzelter Stirn. »Sind Sie *wirklich* ein Medium oder tun Sie nur so?«

»Ridley«, zischte Leila. »Das war nicht nett!«

»Schon in Ordnung, Leila«, sagte Sandra. »Diese Frage stellt sich jeder. Und deine Freundin ist wenigstens ehrlich. Aber ja: Ich lese Schwingungen von Menschen, Orten, Dingen und empfange Informationen über vergangene, gegenwärtige und sogar zukünftige Ereignisse.«

»Und *wie*?«, bohrte Ridley nach. »Mit Tarotkarten? Handlesen? Numerologie? Astrologie?« Die anderen Kinder rissen die Augen auf, als würde sie Chinesisch sprechen. Sie funkelte sie an. »*Was?* Bei meinen Recherchen über den Astronomen John Nevil Maskelyne habe ich ein paar von Mr Vernons Büchern durchgeblättert. Es gibt verschiedene Arten von Medien: Wahrsager, die die Zukunft vorhersehen, Telepathen, die Gedanken lesen, Menschen mit telekinetischen Fähigkeiten, die Dinge mit der Kraft ihres Gehirns bewegen – alle ziemlich unterschiedlich. Und meistens *Betrüger.*«

Sandra zuckte nicht mit der Wimper, sondern nippte höflich an ihrem Eistee.

»Wo würden Sie sich einordnen?«, fragte Ridley.

»Ich bin das, was manche eine Hellseherin nennen.«

»Und was bedeutet das genau?«, hakte Carter nach.

»Ich erhalte Botschaften über andere und verrate ihnen, was sie wissen müssen.«

Leila zuckte zusammen. »Botschaften? Von wem denn?«

»Die meisten Hellseher würden sagen, von einem *Geistführer.* Der Geistführer flüstert uns Geheimnisse ein, in die wir dann Menschen einweihen, die Hilfe brauchen.«

Ridley ließ nicht locker. »Also reden Sie mit Gespenstern? Und die Gespensterbotschaften sind echt?«

Sandra schürzte nur geheimnisvoll die Lippen.

Mr Vernon griff nach dem Tuch in der Brusttasche seiner Frackjacke und tupfte sich damit die Mundwinkel ab. Als er es zurückstecken wollte, war an seiner Stelle schon ein neues aufgetaucht. Mr Vernon zog es heraus. Ein drittes erschien. Mit verblüffter Miene machte er weiter, bis schließlich acht Einstecktücher auf seinem Schoß lagen. Die Kinder lachten. »Da nagel mir doch einer den Pudding an die Wand«, sagte er.

»Was soll das heißen?«, fragte Ridley verwirrt.

»Wenn es aussieht wie Pudding und schmeckt wie Pudding, ist es wahrscheinlich auch Pudding?« Mr Vernon schien sich nicht ganz sicher zu sein.

»Ich habe immer gedacht, es bedeutet so was wie ›Probieren geht über Studieren‹«, meinte Carter.

»O nein. Das Sprichwort besagt, dass man das Unmögliche versucht«, erklärte Theo.

»Heißt es nicht einfach: ›Der Pudding ist so gut, ich würde ihn mir am liebsten an die Wand hängen‹?«, fragte Leila.

»Pudding ist immer gut«, schaltete Olly sich ein. »Vor allem Schokoladenpudding. Und Karamellpudding. Lecker!«

»Aber nur, wenn Mum die eklige, labberige Haut wegmacht«, fügte Izzy hinzu. »Sonst rührt Olly ihn nicht an.«

Mr Vernon lachte. »Mit Sprichwörtern ist es offenbar wie mit Magie. Alles hängt von der Deutung ab. Jeder versteht etwas anderes darunter.« Er nahm die acht Tücher von seinem Schoß und knüllte sie in der Faust zusammen. Mit der freien Hand zupfte er an einem Zipfel, bis ein Stück zwischen den Fingern hervorlugte. Dann zog er mit einer dramatischen Bewegung ein einziges Tuch heraus und hielt es hoch. Die übrigen waren verschwunden. Die Kinder schnappten nach Luft und gluckSten. Mr Vernon lächelte. »Hellseher sind wie andere Magier, Ridley. Oft ist es egal, dass sie nur so tun, als ob. Was zählt, ist, was das Publikum glaubt.«

Ridley drehte sich wieder zu Sandra. »Um Hellseherin zu sein, muss man die Leute also bloß glauben machen, dass man Hellseherin ist?«

Sandras Augen glitzerten schalkhaft, genau wie die von Mr Vernon häufig. *Kein Wunder, dass die beiden früher eng befreundet waren,* dachte Leila. »So in etwa«, antwortete Sandra. Mit einem spöttischen Grinsen fügte sie hinzu: »Woher willst du wissen, dass ich nicht *wirklich* hellsehen kann, Dante?«

»Kannst du es denn?«, fragte er zurück.

Sie senkte die Stimme und verkündete in einem unheimlichen, überirdischen Ton: »*Ich habe seit damals einiges dazugelernt.*« Dann hob sie die Hände, wackelte mit den Fingern und stöhnte wie ein Geist: »*Uuuuu-uuuuu-uuuuuh!*«

Alle kicherten. »Wo übernachten Sie während Ihres Besuchs hier?«, fragte Leila. »Nicht im heruntergekommenen Haus Ihrer Mutter, oder?«

»Nun ja, Liebes, ich habe keine andere Wahl … außer Dante wäre so nett?« Sie warf ihm einen hoffnungsvollen Blick zu.

Mr Vernon wurde rot. »Ich wünschte, ich könnte, aber …«

»*Dad!*«, platzte es aus Leila heraus. Es sah ihrem Vater gar nicht ähnlich, jemandem Hilfe zu verweigern, noch dazu einer alten Freundin.

Mr Vernon ignorierte sie und fuhr fort: »Wir haben kein Gästezimmer mehr. Und ich kann schlecht verlangen, dass du auf unserem durchgesessenen Sofa schläfst, da hättest du keinerlei Privatsphäre.« Er schüttelte den Kopf. »Vorschlag: Ich rufe meinen Mann oben im Berghotel an und bitte ihn, dir ein königliches Zimmer zu organisieren, bis das Haus deiner Mutter wieder bewohnbar ist.«

»Dafür wäre ich dir sehr dankbar«, erwiderte Sandra, konnte ihre Enttäuschung jedoch nicht verbergen.

»Wunderbar!« Mr Vernon stand auf und ging zum Telefon hinüber. »Dann bringen wir dich im Berghotel unter. Und später kommst du wieder hierher und isst mit uns allen zu Abend.«

»Uns allen?«, fragte Theo.

»Ich würde gern noch mehr über Sandras *Fähigkeiten* erfahren«, bemerkte Ridley mit hochgezogenen Augenbrauen.

»Weh mir!«, rief Olly theatralisch. »Wir müssen leider passen.«

»Ja, heute ist Golden-Familienabend«, ergänzte Izzy bedauernd.

Ridley bohrte weiter. »Aber der Rest von uns …«

»Schon gut, schon gut.« Mr Vernon lachte. »Olly und Izzy, wir werden euch schmerzlich vermissen. Aber ich gebe dem anderen Mr Vernon Bescheid, dass er genug Essen mit nach Hause bringen soll. Wir machen eine Willkommensparty für Sandra.«

»Mehr könnte man sich nicht wünschen«, sagte Sandra. »Ach, Dante, ich habe dich vermisst. Vielen, vielen Dank!«

Doch Leila meinte, eine gewisse Unzufriedenheit in ihrer Stimme zu hören. Bildete sie sich das nur ein, oder hatte sie vielleicht selbst hellseherische Kräfte?

SIEBEN

Leila und Carter saßen im Schatten des Pavillons im Gras. Das war der perfekte Ort, um nachmittags zaubern zu üben. Leila holte ein Stück Seil aus der Tasche und testete neue Möglichkeiten, sich ohne fremde Hilfe zu fesseln.

Carter hatte seine Spielkarten dabei und mischte sie mit großem Tamtam und falschem Abheben, ohne die ursprüngliche Reihenfolge zu ändern. Er ließ die Karten von einer Hand in die andere fliegen und versuchte sogar, eine hinterm Kopf zu fangen, schaffte es aber

nicht. Als sie im Gras landete, wurde er vor Verlegenheit knallrot.

»Super!«, rief Leila. »Hast du geübt?«

Carter runzelte die Stirn. »Wohl nicht genug.«

»Du kriegst es bestimmt bald hin.« Nach einer kurzen Pause fügte sie hinzu: »Manchmal wünschte ich, ich könnte hellsehen, dann würde ich in den Kopf meines Dads gucken. Ich habe das Gefühl, dass ich so viel über ihn nicht weiß.«

»Was denn zum Beispiel?«, fragte Carter, während die Karten weiter zwischen seinen Händen hin und her sprangen.

»Wie er in unserem Alter war. Hat er dir mehr über seine Beziehung zu deinem Vater Lyle erzählt? Immerhin waren sie beste Freunde.«

Carter schob die Karten wieder zu einem Stapel zusammen. »Nein. Aber ich fände es schön, wenn er es täte. Vielleicht braucht er nur Zeit.«

»Ich will alles über seinen alten Zauberclub erfahren. Bobby Boscowitz haben wir schon kennengelernt. Jetzt taucht Sandra Santos aus heiterem Himmel hier auf, und wir wissen nicht einmal die Namen der anderen Mitglieder.«

»Hast du ihn je danach gefragt?«

»Bevor du nach Mineral Wells gekommen bist, hatte ich noch nie vom Smaragd-Ring gehört. Und ich bezweifle, dass mein Dad uns viel verraten hätte, wenn wir es nicht selbst herausgefunden hätten.«

»Wahrscheinlich will er genau das. Dass wir unsere eigenen Antworten suchen. Oder er schämt sich für seine Vergangenheit. So war es zumindest bei mir. Warum sonst habe ich wohl so lange alles geheim gehalten?«

»Hm ... kann sein.« Leila war skeptisch.

Carter fragte: »Was würdest du wissen wollen, wenn du hellsehen könntest?«

»Ob die Magischen Sechs auch so enden wie der Smaragd-Ring. Ich hoffe, dass wir uns nie verkrachen ...« Sie dachte an die fiesen Mädchen in Mutter Margarets Waisenhaus zurück und verkniff sich eine Grimasse. »Ich hoffe, dass wir ... dass wir für immer Freunde bleiben.«

Carter legte sich zwei Finger an die Schläfen. »Ich prophezeie ... dass das auf jeden Fall so kommt.«

Leila lächelte. »Und ich würde in die Vergangenheit schauen. Um zu erfahren, wie aus Bobby Boscowitz B. B. Bosso geworden ist. Und warum Sandra und mein Dad so viele Jahre keinen Kontakt hatten. Seltsam, oder?«

Carter nickte. »Vermutlich haben sie sich einfach auseinandergelebt. Manchmal passiert so was einfach. Ich meine, *mein* Dad ist auch ganz weit weg von Mineral Wells gelandet. Er hat den Smaragd-Ring verlassen, aber bestimmt nie vergessen. Wenn ich hellsehen könnte, würde ich wissen wollen, was mit meinen Eltern geschehen ist.«

»Vielleicht gibt es einen Weg, das alles ohne übernatürliche Kräfte rauszufinden.«

»Das wäre genial.« Carter lächelte. »Ich helfe dir, du hilfst mir?«

»Einverstanden. Sollen wir nach Hause? Paps kommt bald von der Arbeit, und ich muss noch ein bisschen aufräumen, bevor die anderen eintrudeln. Meinst du, ich kann heute Abend meine Zwangsjacke anziehen?«

Carter lachte. »Wie willst du ohne Arme essen?«

»Das überlege ich mir noch. Ich könnte eine neue Nummer daraus machen.«

Als sie den Pavillon umrundeten, hörten sie ein Kreischen. Sie zuckten zusammen und erstarrten. Das Geräusch schien unterm Pavillon hervorzukommen. Mit aufgerissenen Augen fragte Carter: »Denkst du dasselbe wie ich?«

Leila antwortete atemlos: »Wenn ja, heißt das, ich kann hellsehen?«

Carter blinzelte. Gleichzeitig flüsterten sie: »*Der Affe!*«

Sie knieten sich vorsichtig ins Gras und spähten durch die Lücken zwischen den Holzbrettern, die den Pavillon stützten. Auf der gegenüberliegenden Seite kauerte eine Gestalt. Gedämpftes Fiepen drang aus dem Dämmerlicht.

»Da ist ja der kleine Dieb«, sagte Carter.

»Schnappen wir ihn uns, bevor er noch mal versucht, eins der Kassenbücher zu klauen.« Leila löste das Seil von ihren Handgelenken. Dann knüpfte sie mit ein paar geschickten Handgriffen ein Geschirr, das dem Tier nicht wehtun würde, mit Schlaufen für seinen Hals, seinen Körper und seine Arme.

Leise schlichen Carter und sie um den Pavillon herum, doch ehe sie die andere Seite erreichten, schoss ein Fellblitz darunter hervor, flitzte über die Wiese und die Straße und verschwand hinter dem Friseurladen.

»Mist!«, rief Leila.

In der Ferne schrie jemand auf.

Carter holte ein paar Kekskrümel aus der Tasche. »Beim nächsten Mal bin ich besser vorbereitet.«

»Falls es ein nächstes Mal gibt ...« Leila seufzte. »Sollen wir hinterher?«

»Ach nö. Ich habe so ein Gefühl, dass wir ihn wiedersehen werden.«

* * *

Die beiden stürmten in den Zauberladen, und Leila rief: »Dad! Dad! Du errätst nie, wen wir entdeckt haben!«

Mr Vernon hob den Blick von einem Buch auf der Theke und zog eine Augenbraue hoch. »Darf ich es wenigstens versuchen?« Leila und Carter stöhnten, als er sich die Zeigefinger an die Schläfen presste und die Augen schloss. »War es Abraham Lincolns Geist?« Sie verneinten. »Die Freiheitsstatue?« Nee. »Pippi Langstrumpf?« Auch nicht. »Ah, jetzt weiß ich's: Oberon der Elfenkönig!«

Carter platzte heraus: »Bossos Affe!«

Leila nickte. »Er hatte sich unterm Pavillon versteckt und ist weggelaufen, als wir ihn einfangen wollten.«

Mr Vernon seufzte. »Dann verrammeln wir wohl besser alle Fenster. Und ich rufe das Ordnungsamt. Nicht, dass er am Ende noch unsere Feier heute Abend stört.«

»Das Ordnungsamt?«, fragte Carter. »Und was machen die mit ihm?«

»Sie fangen ihn ein und sperren ihn weg, genau wie Bosso«, antwortete Mr Vernon.

Carter riss die Augen auf. »Gibt es so was wie ein Affengefängnis?«

(Gibt es nicht, keine Sorge … zumindest nicht in Mineral Wells.)

»In einem Käfig ist er wahrscheinlich sicherer als auf der Straße«, überlegte Mr Vernon laut.

»In einem *Käfig*?«, rief Leila aus. »Das ist ja schrecklich!«

»Er will bloß ein Zuhause«, flüsterte Carter.

»Könnten wir ihn nicht adoptieren?«, fragte Leila.

Mr Vernon lachte. »Eins nach dem anderen. Wie wär's, wenn ihr beide hier ein wenig Ordnung schafft und das Esszimmer oben für unseren Ehrengast dekoriert?« Er griff nach einem schwarzen Zylinder und warf ihn Leila zu. »Ihr dürft alles aus dem Laden verwenden. Es ist doch schön, daran erinnert zu werden, dass wir von Magie umgeben sind.«

Leila fasste in den Hut und zog einen schier endlosen bunten Schal hervor. Rot und grün und gelb und blau und lila und orange. Ihr Vater wollte sie offensichtlich vom Affen ablenken. Klassischer Fall von Irreführung …

»Beeilt euch!« Mr Vernon schnippte aufgeregt mit den Fingern. »Ein guter Zauberer ist immer vorbereitet, wenn das Publikum eintrifft.«

ACHT

Als Theo und Ridley ankamen, wurden sie sofort eingespannt.

»Wir dekorieren den Tisch im Stil der Magischen Sechs«, informierte Leila sie. Sie trug ihre Zwangsjacke, hatte jedoch die Ärmel nicht festgebunden, damit sie Sachen herbeiholen konnte.

Ridley wirkte skeptisch. »Warum das denn?«

»Zu Ehren der zwei Generationen von Zauberclubs«, erklärte Carter und breitete die Hände aus wie ein Showmaster.

Leila ergänzte: »Und wenn Dad und Sandra sehen, wie toll unser Club ist, verraten sie uns vielleicht mehr über den Smaragd-Ring.«

Sie ließ den Blick durch den Zauberladen wandern und dachte wehmütig an den Tag ihrer Adoption zurück, als sie ihn zum ersten Mal betreten hatte. Die kleine Glocke hatte über ihrem Kopf geklingelt, und vor ihren Augen hatte sich ein Wunderland eröffnet, von dem sie zuvor nur in Büchern gelesen hatte. Alle Farben des Regenbogens versammelten sich

in diesem hohen Raum. Die Fensterscheiben schimmerten grün und violett. Über die Teppiche auf dem knarzenden Holzboden tanzten ockerfarbene Streifen, rote Punkte und gelbe Blitze. Die mit Spielzeug und Scherzartikeln gefüllten Glasbehälter lenkten das Sonnenlicht bis in die hintersten Ecken und brachten die Glitzerpartikel an den Wänden zum Funkeln. An jenem Tag hatte Leila einen Moment lang geglaubt, alles sei nur ein Traum, aus dem sie bald aufwachen würde. Und das war sie im Laufe der Zeit gewissermaßen auch. Wenn man jeden Tag von so viel Magie umgeben war, dann gewöhnte man sich irgendwann

daran. Aber Leila wusste, dass die eigentliche Magie in ihrem Leben in etwas ganz anderem lag: der Liebe ihrer beiden Väter. Der Zauberladen war nur das Sahnehäubchen auf dem sowieso schon köstlichen Kuchen.

Leila, Carter, Theo und Ridley sammelten aus den versteckten Winkeln und geheimen Schubladen des Ladens alles zusammen, was sie für die Dekoration brauchten. Dann zwängten sie sich in den kleinen Lastenaufzug und fuhren nach oben ins Esszimmer. Beim Aufzugfahren musste Leila immer kichern. Wie viele Menschen hatten schon einen echten Aufzug im Esszimmer?

Sie legte den schwarzen Zylinder in die Mitte des langen Holztisches. Ihre Freunde positionierten ringsum Spielkarten, Trickzauberstäbe, verknotete Seile, Federblumen, Furzkissen, winzige Becher und Schaumstoffbälle, Ballontiere, Mini-Totenschädel aus durchsichtigem Kunststoff, quietschbunte Glasflaschen und einen grünen Plüschvogel, der große Ähnlichkeit mit Fidibus hatte. Am Ende sah es aus, als würden die Zauberrequisiten aus dem Hut quellen wie aus einem magischen Füllhorn. Links und rechts davon stellte Leila ihre Lieblingskerzenhalter auf – gusseisern und in Form von Hexenschuhen – und zündete die dünnen weißen Ker-

zen an. Die Strahlen der untergehenden Sonne fielen durch die zarten Vorhänge und tauchten den Raum in ein magisches Licht.

»Perfekt«, meinte Leila. »Wenn das ihre Zungen nicht lockert …«

* * *

Der andere Mr Vernon brachte Sandra aus dem Berghotel mit. Ihr weißes Kleid war mit riesigen roten Punkten verziert, und sie trug das Haar zu einem festen Knoten geschlungen. An ihren winzigen Ohrläppchen baumelten wieder die weißen Sternenohrringe. Sie begrüßte die Magischen Sechs mit Luftküssen. »Oho«, rief sie, als sie die Tischdekoration bemerkte. »Wie zauberhaft!«

Carter setzte beim Plattenspieler auf der Anrichte die Nadel auf. Fröhlicher Jazz tanzte durchs Zimmer.

»Die Magischen Sechs heißen Sie herzlich willkommen«, rief Leila mit einer kleinen Verbeugung.

»Und das Beste ist: Der ganze Kram kehrt am Ende des Abends *wie von Zauberhand* in den Laden zurück!«, sagte der andere Mr Vernon.

Carter zwinkerte. »Schneller, als du gucken kannst.«

Der andere Mr Vernon trug Platten mit dampfenden Hummer-Käse-Nudeln, gebratenen grünen Tomaten, Parmesankartoffeln und Spaghettikürbis an Marinarasoße auf. Alle setzten sich an den Tisch und warteten ungeduldig darauf, anfangen zu können, während Mr Vernon Limonade ausschenkte.

»Das sieht köstlich aus«, sagte Sandra.

»Hervorragend«, ergänzte Theo. »Wie immer.«

»Danke, Mr und Mr Vernon!«, rief Ridley.

»Schade, dass Olly und Izzy alles verpassen«, meinte Leila.

»Ja«, erwiderte Ridley. »Was für ein Pech.«

»Esst, solange es heiß ist«, drängte der andere Mr Vernon.

Das Klappern von Besteck und Tellern erfüllte den Raum, bis Sandra »Wartet!« rief und ihr Glas erhob. »Ein Toast: Auf alte Freunde!«

Mr Vernon lächelte, und der schmale schwarze Schnurrbart über seiner Lippe schwebte nach oben. »*Auf alte Freunde!*«, wiederholte er. Die Tischrunde stieß an, nahm einen raschen Schluck und wandte sich dann wieder der wichtigen Aufgabe zu: sich den Bauch mit Köstlichkeiten vollzuschlagen.

***

»Ach, wie habe ich dieses Haus als Kind geliebt«, schwärmte Sandra, während der andere Mr Vernon einen saftigen Limettenkuchen aus der Küche holte. »Erinnerst du dich noch an die Zaubershows, die wir für die Leute auf der Straße aufgeführt haben, Dante? Und an unsere stundenlangen Versteckspiele?«

»Lyle hat immer gewonnen«, sagte Mr Vernon lächelnd. »Er war ziemlich gut im Verschwinden.« Leila sah, wie Carter bei der Erwähnung seines Vaters strahlte.

Der andere Mr Vernon schnitt für jeden ein Stück Kuchen ab und verteilte die Teller. Sandra fuhr fort: »Und am allerschönsten war es, wenn wir bis spät in die Nacht aufgeblieben sind, uns Geheimnisse anvertraut und Geschichten erzählt haben, von denen die anderen raten mussten, ob sie wahr oder gelogen sind.«

»Oooh, können wir das auch spielen?«, fragte Leila in der Hoffnung, mehr über die Vergangenheit ihres Dads herauszufinden.

Sandra warf Mr Vernon einen Blick zu, als wollte sie ihn um Erlaubnis bitten. Er zuckte mit den Achseln und nickte. »Aber du musst anfangen, Leila.«

Leila überlegte einen Moment und stand auf. »An meinem ersten Tag in Mineral Wells war ich so hin und weg vom Laden meiner Väter und meinem neuen Zuhause, dass ich dachte, ich würde gleich aus dem besten Traum aller Zeiten aufwachen.«

»Also, das stimmt auf jeden Fall«, platzte Ridley heraus. »Das erzählst du mir fast wöchentlich, seit wir uns kennengelernt haben.« Leila hob kichernd die Schultern. Ridley fuhr fort: »Okay, ich bin dran. Ich habe mal ein Seifenkistenrennen gewonnen, indem ich meinen Rollstuhl als Hai dekoriert habe.«

»Das ist nie passiert«, meinte Theo. »Sonst hätten wir es längst zu hören bekommen.«

Ridley runzelte die Stirn. »Aber eines Tages ist es soweit. Und ihr werdet mir dabei helfen.«

»Sandra, wollen Sie als Nächste?«, fragte Theo.

»Aber gern!« Sandra räusperte sich. »Als ich die Sachen meiner Mutter durchgesehen habe, habe ich auch ein paar alte Zeichnungen von mir entdeckt. Sie hat sie all die Jahre über aufbewahrt. Ich habe Spielkarten abgemalt, die ich besonders mochte. Mir war gar nicht klar, wie sehr sich meine Mutter für mich interessiert hat. Sie musste immer so viel arbeiten … Die Bilder wiederzu-

finden …« Sie machte eine Pause, um sich zu sammeln. Leila hätte am liebsten die Hand ausgestreckt und ihre Finger gedrückt. »Ich schätze, ich vermisse sie einfach.«

»Jedes Wort davon ist wahr«, sagte Mr Vernon mit einem traurigen Lächeln.

Sandra schüttelte ihre Wehmut ab, als wäre sie Feenstaub, und fragte munter: »Wer will als Nächstes?«

»Ich«, meldete sich der andere Mr Vernon. »Vor dem Zauberladen befand sich in diesem Haus ein Jazzclub.«

»Das stimmt nicht«, rief Leila überzeugt.

»Tatsächlich stimmt es sehr wohl«, meinte Mr Vernon.

Leila wurde rot. »Wieso hast du mir das nie erzählt?«

»Es hat sich nicht ergeben.«

»Jetzt du, Dad!«

»Ich? Warum das denn?«

»Warum nicht?«, fragte Carter zurück und wechselte einen verschwörerischen Blick mit Leila.

Mr Vernon hob die Hände und kapitulierte. »Na schön. Geheimnisse und Geschichten. Wahrheit und Lüge. Was wird es sein? Hören … wir … rein!« Er beugte sich vor und schaute jedem Gast tief in die Augen. »Wie ihr alle wisst, habe ich vor langer Zeit mit meinen Eltern in genau dieser Wohnung gelebt. Unten hatte mein Vater

einen kleinen Laden eröffnet und ihn Vernons Zauberladen genannt. Er war also der Erste, der das Unmögliche feilbot. Ich habe es geliebt, wenn er für seine Kunden Zaubertricks aufführte. Am meisten hat es mich beeindruckt, wenn er einen Gegenstand direkt vor ihren Augen in einen anderen verwandelte. Ich flehte ihn an, mir zu zeigen, wie es funktioniert, aber er weigerte sich. Er war davon überzeugt, dass man einen Zaubertrick am besten lernt, indem man ihn selbst entschlüsselt.«

Mr Vernon griff nach dem grünen Plüschvogel in der Mitte des Tisches, der wie Fidibus aussah. »Und das tat ich auch. Eines Tages wollte ich meinem Vater vorführen, was ich mir beigebracht hatte. Ich nahm seine Tasse, in der noch ein Rest Kaffee war, und stellte sie auf einen sauberen Teller. Dann stülpte ich einen Zylinder darüber …« Mr Vernon setzte den Plüschvogel wieder auf den Tisch und stülpte den Deko-Zylinder darüber.

»Mein Vater wartete geduldig, während ich mit der Hand herumwedelte – ungefähr so – und ›Abrakadabra‹ rief. Schließlich hob ich den Zylinder an. Die Tasse war verschwunden. Stattdessen stand eine Schneekugel von Mineral Wells im Winter auf dem Teller. Mein Vater war unglaublich stolz auf mich und meine selbst erlernten

Fähigkeiten. Ich erinnere mich noch genau daran, wie er strahlte. Zum Glück hat er nie erfahren, dass ich seine Tasse während des Tricks zerbrochen hatte. Aber seit damals habe ich ein wenig geübt …«

Mr Vernon riss schwungvoll den Zylinder in die Luft, und alle keuchten auf.

Anstelle des Plüschvogels saß der quicklebendige Fidibus auf dem Tisch, krächzte selbstzufrieden und hüpfte auf und ab. Mr Vernon legte den Hut zurück an seinen Platz und hielt dem Papagei den Finger hin, den er anschließend an seine Schulter führte, damit Fidibus sich mit flatternden Flügeln dort niederlassen konnte.

»Nun sagt mir, Kinder: War das Wahrheit oder Lüge?«

Carter klopfte auf den Tisch und morste seine Antwort:

.-- .- .... .-. .... -

Ridley klatschte. »Bravo, Carter!«

»Es war die Wahrheit, Dad.« Leilas Augen leuchteten. »Die reine Wahrheit!«

Mr Vernon verbeugte sich leicht, und die Tischrunde brach in Applaus aus. Leila war begeistert. Ihr Plan

funktionierte! Ihr Dad hatte etwas aus seiner Vergangenheit erzählt, weil Sandra da war. Hoffentlich war das erst der Anfang.

»Wie haben Sie das gemacht, Mr Vernon?«, fragte Theo. »Als wir gekommen sind, war Fidibus unten in seinem Käfig.«

»Ich weiß es«, rief Carter. »Man braucht einen Mechanismus, der –«

»*Indocilis privata loqui*«, unterbrach Mr Vernon ihn und presste sich einen Finger an die Lippen.

»Was soll das jetzt wieder heißen?«, fragte Leila. »Willst du uns einen neuen Code beibringen?«

Ihr Dad tat, als würde er seinen Mund mit einem Reißverschluss schließen und einen unsichtbaren Schlüssel umdrehen.

Der andere Mr Vernon schüttelte den Kopf. »Was haben wir über Tiere und Latein bei Tisch besprochen, Dante?«

»*Latein?*«, wiederholte Leila. »Seit wann kannst du Latein?«

Mr Vernon ignorierte sie. »Können wir nicht eine Ausnahme machen?«, fragte er den anderen Mr Vernon. »Meine alte Freundin ist zu Besuch.«

Sandra kicherte. »Du hast dich kein bisschen verändert, Dante.«

»Das hast du schon einmal gesagt. Ist dir das hier nicht aufgefallen?« Mr Vernon strich sich durch die dichten Locken. »Schneeweiß!«

»Ach, Unsinn«, meinte der andere Mr Vernon. »Wir sind doch noch jung.«

»Nein, *wir* sind jung!« Carter grinste neckisch. Theo und Ridley kicherten.

Sandra sagte: »Alles Einstellungssache. Mmmh, dieser Kuchen! Da fühle ich mich direkt nach Florida zurückversetzt, in meinen alten Laden am Strand. Die Leute kamen für eine Séance hereinspaziert und blieben stundenlang, tranken Tee mit mir und plauderten. Das war eine wunderbare Zeit. Manchmal wünschte ich, das Leben wäre noch so einfach wie damals.«

»Das könnte es sein, wenn du willst«, meinte Mr Vernon.

»Machen Sie solche Séancen immer noch?«, fragte Theo.

»Ständig! Wollt ihr auch?« Die Kinder jubelten. »Ich weiß zwar nicht, ob ich Dantes Geschichte toppen kann, aber ich gebe mein Bestes.« Sandra schnalzte mit der

Zunge und schloss die Augen. Alles verstummte, während sie zehn Sekunden lang schweigend dasaß. Dann flüsterte sie. »*Rennen, rennen, rennen ... Rauch, ein Zug, der vorbeizieht ... Viele Züge, mehr, als ich zählen kann ... Zählen ... Das Nussschalenspiel ... Scham ... gefolgt von ... Flucht!*« Sie richtete sich auf und fragte mit normaler Stimme: »Sagt dir das etwas, Carter?«

Carter riss die Augen auf und starrte seine Freunde an, die ihn mit offenem Mund musterten. »Ja. Bevor die Vernons mich aufgenommen haben, bin ich ... viel herumgereist. Mit dem Zug. Und mein Onkel hat mit diesem grässlichen Nussschalenspiel den Leuten das Geld aus der Tasche gezogen.«

Sandra dachte einen Moment nach und nickte. »Diese Zeit ist für dich vorbei. Für immer.«

Vor Erleichterung wurden Carters Augen noch größer, und er lächelte. »Gut zu wissen.«

»Was ist mit mir?«, fragte Ridley.

Sandra rieb sich die Schläfen, drehte sich zu ihr und nieste in ihre Serviette. »*Verstopfte Nase und tränende Augen*«, flüsterte sie. »Hat das eine Bedeutung für dich?«

Ridley zuckte mit den Achseln. »Meine Eltern haben eine Tierhaar-Allergie. Deswegen wohnt mein Kanin-

chen hier im Zauberladen.« Sie lächelte Mr Vernon an. »Danke noch mal, dass Sie auf ihn aufpassen.«

»Aber gern«, erwiderte er.

Sandra fuhr fort: »Du wirst nie so darunter leiden wie deine Eltern.«

»Na, ein Glück!« Ridley warf die Arme in die Luft. »Eine Sache weniger, um die ich mir Sorgen machen muss.«

Leila sah ihrer Freundin an, dass sie scherzte, aber Sandra lächelte zufrieden.

Als Nächstes wanderte ihr Blick zu Theo. »*Ich höre Stimmen*«, flüsterte sie. »*Viele Stimmen. Das ganze Haus ist erfüllt davon.*«

Theo wirkte verblüfft. »Alle meine Geschwister kommen bald zu Besuch, in ein paar Wochen. Meine Eltern freuen sich schrecklich.«

»Ja … aber *du* nicht.« Sandra richtete den Zeigefinger auf ihn.

Theo wurde rot. »Doch, schon, aber na ja … wenn alle auf einem Haufen sind, fühle ich mich manchmal ein bisschen …«

»Verloren«, ergänzte Sandra. Theo nickte.

»*Musik*«, flüsterte sie weiter. »Ich höre auch Musik.«

»Ich spiele Geige«, bestätigte Theo.

»Das wird dir in schweren Zeiten helfen. Bleib dabei!«

»Keine Angst, das werde ich. Dafür sorgt mein Vater schon.« Theo grinste, und die anderen lachten.

Schließlich wandte Sandra sich Leila zu. Leila wurde schwindelig. Als die Hellseherin die Augen zusammenkniff, zwang sie sich zu einem noch breiteren Lächeln als sonst. Sie wollte nur Gutes hören. »*Schritte. Ein Klopfen an der Tür. Keine Antwort.*« *Glück gehabt*, dachte Leila. Sie hatte keine Ahnung, was das bedeuten sollte. Im Zimmer war es mucksmäuschenstill.

»*Ein Geschenk*«, fügte Sandra hinzu, als hätte sie es fast vergessen. »*Ein Schlüssel ...*« Leilas Herz setzte aus. »Ergibt das Sinn?«

Leilas Gedanken wanderten zum Schlüssel mit der Schnur daran in ihrer Blechdose, den sie besaß, seit sie ein Baby war. Aber davon sollte niemand erfahren. Das Geheimnis machte sie stark. Trotzdem konnte sie diese Frau nicht anlügen. »Hm ... ja, vermutlich.«

Mr Vernon warf ihr einen fragenden Blick zu, bohrte aber nicht nach.

»Dieser Schlüssel wird in den nächsten Tagen noch wichtig«, meinte Sandra. »Trag ihn immer bei dir.«

Leila fühlte sich wie vom Blitz getroffen. Die plötzliche Aufmerksamkeit gefiel ihr nicht, also wechselte sie schnell das Thema. »Wussten Sie, dass wir auch zaubern können, Theo, Ridley, Carter und ich?«

»Das hat Dante mir verraten«, antwortete Sandra.

Leila erhob die Stimme. »Carter, zeig, was du kannst.«

Carter schnappte sich einen Löffel vom Tisch und ließ ihn mit einer schwungvollen Bewegung verschwinden. Dann griff er mit der anderen Hand unter seinen Teller und holte den Löffel wieder hervor.

Sandra schnappte nach Luft. »Nicht schlecht.«

»Theo, du bist dran«, sagte Leila.

Theo zog seinen magischen Geigenbogen aus der Hosentasche und hielt ihn über die Tischdekoration. Langsam richtete sich der Zylinder auf und tanzte gemächlich um den Tisch.

»Wie wunderbar! Bravo!«, rief Sandra.

Ridley schüttelte den Kopf. »Ich funktioniere nicht auf Kommando, ich bin doch kein Zirkusaffe!« Einen Augenblick lang dachten alle, sie wäre wirklich sauer. Doch als sie sich die weiße Serviette vom Schoß riss und auf den Tisch warf, wurde diese plötzlich leuchtend blau.

»Was soll das?«, rief Ridley mit einem Zwinkern, nahm die Serviette wieder auf und schüttelte sie, woraufhin sie sich grün färbte. »Lass das!«, schrie sie die Serviette an, die knallrot wurde. Die gesamte Tischrunde lachte.

»Und nicht zu vergessen Leila, die sich aus allem befreien kann«, meinte Carter. »Sogar aus Zwangsjacken!«

»Ich brauche nur die Schlösser aus meinem Zimmer. Dad, kannst du mich festzurren?«

»Entfesseln am Esstisch?«, fragte Mr Vernon. »Na, ich weiß nicht …«

»*Daa-aad* …« Leila verdrehte die Augen.

»Sehr gutes Argument.« Mr Vernon schnippte mit den Fingern. »Du hast mich überzeugt. Los geht's!«

Sandra erhob sich. »Dann pudere ich mir in der Zwischenzeit das Näschen. Würde mir jemand den Weg zeigen?«

»Das Badezimmer ist noch da, wo es immer war.« Mr Vernon nickte in Richtung Flur. »Wir haben hier nichts verändert, seit ich das Haus geerbt habe.«

»Ganz am Ende? Das hatte ich vergessen. Es ist so lange her …« Sandra bedankte sich und schlüpfte hinaus.

NEUN

Leila holte die Schlösser – und natürlich ihre Glücksdietriche – und kehrte damit ins Esszimmer zurück. Gerade als Mr Vernon das letzte Schloss an ihrer Zwangsjacke befestigt hatte, ertönte unten im Zauberladen ein furchterregendes Poltern und Scheppern – *Krach! Bum! Quiiiiiek … RUMS!* –, dann ein gedämpfter Aufschrei.

Mr Vernon riss die Augen auf und eilte aus dem Zimmer. Leila rannte hinterher, wobei sie sorgfältig darauf achtete, nicht zu stolpern, schließlich waren ihre Arme gefesselt.

Das Badezimmer am Ende des Flures war leer. Sandra war nicht da.

Die gesamte Tischrunde stürzte auf die Empore und beugte sich übers Geländer. Sandra saß auf der untersten Stufe der Wendeltreppe, strich sich das Kleid glatt und rieb sich das Schienbein. Ringsherum lagen Bücher und Zettel verstreut. Als Sandra bemerkte, dass sie Gesellschaft hatte, entfuhr ihr ein überraschtes Kieksen. »Ach, wie unangenehm!«

»Was ist passiert? Geht es Ihnen gut?« Carter rannte die Treppe hinunter, um Sandra aufzuhelfen. Die anderen folgten ihm, und Ridley fuhr mit ihrem Rollstuhl dichter ans Geländer, um einen guten Blick zu haben. Leila bewegte sich vorsichtig, während sie die Schlösser an ihrer Jacke knackte. Als sie auf der Verkaufsfläche angekommen war, hatte sie sich vollständig befreit.

»Es tut mir schrecklich leid!« Sandra zupfte ihr Kleid zurecht und schenkte Mr Vernon einen entschuldigenden Blick. »Oben im Badezimmer war das Papier leer, deshalb wollte ich die Toilette hier unten benutzen. Dann hat etwas am Fenster gekratzt, und als ich nachgeschaut habe …« Sandra wich alle Farbe aus dem Gesicht. »Ist plötzlich ein *Affe* aus dem Gebüsch gegen die Scheibe

gesprungen. Ich bin so erschrocken, dass ich gestolpert bin und diese ganzen Bücher runtergeworfen habe.« Sie deutete auf das Durcheinander zu ihren Füßen. »Ist das zu fassen? Ich hätte nicht gedacht, dass es in Mineral Wells überhaupt Affen gibt, geschweige denn, dass mich einer *angreifen* würde.«

Mit einem Satz war Carter an der Eingangstür, sperrte sie auf und spähte nach draußen auf die dunkle Straße.

»Komisch …«, meinte Leila. »Wir sind ihm heute Nachmittag begegnet, aber da schien er gar nicht angriffslustig. Er hatte mehr Angst vor uns als wir vor ihm.«

Sandra schüttelte den Kopf. »Schaut euch nur das Chaos an, das ich angerichtet habe.«

»Dafür brauchen Sie sich nicht zu entschuldigen«, versicherte der andere Mr Vernon ihr.

Mr Vernon nahm ihre Hand. »Zeig mir mal dein Bein. Hast du dich verletzt?«

Sandra verneinte schniefend. »Höchstens ein paar blaue Flecke. Ich glaube, ich habe schon alle Narben, die das Leben für mich vorgesehen hat. Einerlei … nach diesem Schreck fahre ich wohl besser ins Hotel zurück. Ich hole nur noch rasch mein Tuch von oben.«

»Ich bringe es Ihnen«, bot Theo an.

»Schon unterwegs«, rief Ridley von der Empore aus und flitzte mit ihrem Rollstuhl in die Wohnung.

»Vielen Dank, das ist sehr lieb von euch.«

Unter unzähligen Umarmungen und Handschlägen verabschiedete Sandra sich. Mr Vernon begleitete sie nach draußen. Die Kinder und der andere Mr Vernon blickten ihnen durch das große Schaufenster nach.

»Was für ein Abend«, meinte der andere Mr Vernon, als sein Mann wieder durch die Tür kam.

»Sie war immer tollpatschig.« Mr Vernon verschränkte die Arme, während Sandra in der Dunkelheit verschwand. »Aber eins ist seltsam …«

»Was denn?« Leila schlüpfte aus der Zwangsjacke.

»Ich bin mir eigentlich sicher, dass das Badezimmer für Gäste vorbereitet war. Das Toilettenpapier hätte nicht leer sein dürfen.«

»Sandra würde doch nicht lügen …«, fing Leila an, erinnerte sich dann allerdings an die Vorhersagen beim Abendessen und fragte sich, ob ihr Gast sich alles nur ausgedacht hatte. Sie schaute ihre Freunde an. »Oder?«

Mr Vernon schwieg noch einen Moment, ehe er in die Runde lächelte. Seine Wangen bekamen neue Farbe. »Warum sollte sie so etwas tun?«

Leila wusste es nicht. Aber ihr war klar, dass ihr Dad wieder ihrer Frage ausgewichen war. Das tat er in letzter Zeit häufig. Die Erwachsenenwelt erschien ihr wie eine verschlossene Trickkiste ohne Schlüssel.

* * *

Als ihre Freunde weg waren und Leila sich im Badezimmer die Zähne putzte, bemerkte sie die leere Toilettenpapierrolle. Sandra hatte also nicht gelogen. Hieß das etwa, dass ihr Dad sich geirrt hatte? Dante Vernon war vieles, aber nicht vergesslich.

Sie kehrte in ihr Zimmer zurück, machte die Tür hinter sich zu und löschte das Licht. Dann holte sie die Blechdose aus dem Regal und dachte an Sandras Worte während des Abendessens: *»Dieser Schlüssel wird in den nächsten Tagen noch wichtig. Trag ihn immer bei dir.«*

Sie öffnete den Deckel und griff nach der Schnur, an der ihr ältester Besitz hing. Zum ersten Mal seit Langem legte sie ihn um. Der Schlüssel verschwand knapp unter dem Kragen ihres Nachthemds.

WIE MAN …

eine Münze unter einem Glas verschwinden lässt!

Während Leila und Carter sich ein paar Stunden Schlaf gönnen, haben wir beide Zeit für einen weiteren Zaubertrick. Dieser hier erfordert ein wenig Vorbereitung und natürlich viiiiiel Übung. (Und vielleicht ein kleines bisschen Basteltalent … das würde Ridley gefallen.) Eine Warnung nur: Bitte übe nicht die ganze Nacht. Müde Zauberinnen und Zauberer machen Fehler! Aber aus Fehlern lernt man auch. Wenn du es also nicht gleich auf Anhieb schaffst – keine Panik, versuch's einfach noch mal!

DU BRAUCHST:

- Eine Münze (Je größer, desto besser kann das Publikum sie sehen.)

- Ein durchsichtiges Glas (und zwar am besten keins von den guten, die deiner lang verschollenen Uromi gehört haben, sondern eins, das deine Familie nicht sonderlich vermissen würde.)
- Ein dunkles Stofftaschentuch oder kleines Handtuch
- Zwei Blatt sauberes, leeres und reinweißes Papier
- Einen Bleistift
- Wasserlöslichen Kleber
- Eine Schere (Messer, Gabel, Schere, Licht … Du weißt sicher, wie der Spruch weitergeht, du Schlaufuchs. Wenn du scharfe Gegenstände benutzt, sollte immer ein Erwachsener in der Nähe sein. Bei geübten Magiern sieht es ganz einfach aus, wenn sie abgeschnittene Daumen wieder anzaubern. Im echten Leben ist dazu meistens ein Chirurg nötig. Aua!)

VORBEREITUNG:

Stelle das Glas mit der Öffnung nach unten auf ein Blatt Papier, zeichne mit dem Bleistift den Umriss nach und schneide ihn vorsichtig aus. Radiere alle Bleistiftreste weg. Streiche den Rand des Glases mit einer dünnen Schicht Kleber ein

und befestige den Papierkreis. Lass alles ein paar Minuten lang trocknen.

SO GEHT'S:

1. *Bevor* dein Publikum da ist, lege das zweite Blatt Papier auf einen Tisch. Platziere das Glas mit der Öffnung nach unten auf der einen Hälfte des Blattes, die Münze auf der anderen.

2. Verkünde deinem Publikum, dass du die Münze wegzaubern wirst.

3. Verhülle das Glas, die Münze und das Papier mit dem dunklen Tuch, hebe das Glas an und setze es über die Münze.

HILFREICHE TIPPS:

Mach ein Geräusch mit dem Mund, während du das Glas bewegst. *Zack!* Oder *Schwupp!* Oder *Iiiiiek!* Irgendetwas, das dein Publikum erschreckt. Ich persönlich rufe ja gern: »AUTSCH! Es hat mich gebissen! Nein, war nur ein Scherz.« So konzentrieren sich die Zuschauer auf dein Gesicht statt auf deine Hand. Eine kleine *Irreführung* unter Freunden hat noch niemandem geschadet, oder?

4. Entferne das Tuch und zeige dem Publikum, dass die Münze im Glas verschwunden ist.

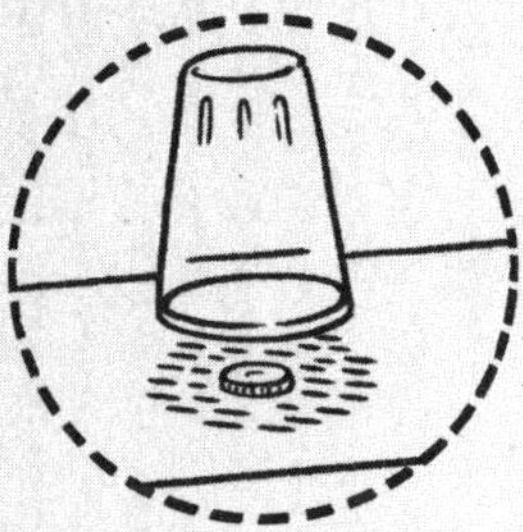

GEHEIMER MAGIERKNIFF:

Da der ausgeschnittene Kreis, der die Münze verdeckt, dieselbe Farbe hat wie das Papier darunter, sieht es aus, als hätte sie sich in Luft aufgelöst.

5. Um die Münze wieder herbeizuzaubern, verhülle das Glas noch einmal mit dem Tuch und stelle es auf seine ursprüngliche Position. Lüfte das Tuch und präsentiere die zurückgekehrte Münze.

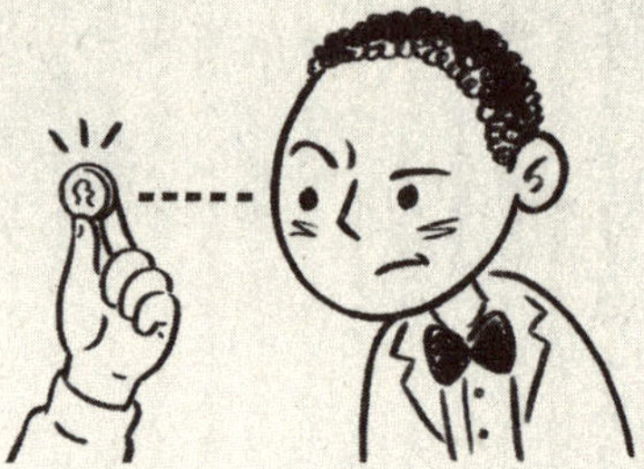

6. Bitte jemanden aus dem Publikum, die Münze auf ihre Echtheit zu prüfen.

7. Verbeuge dich!

ZEHN

Ein paar Tage nach der Willkommensparty für Sandra bei den Vernons stiegen Leila, Carter, Theo und Ridley von der Stadt zum Berghotel hinauf. Im Westen sank die Sonne schon auf den Horizont zu, und die Schatten der Bäume fielen lang übers Gras. Der Himmel leuchtete in einem tiefen, beruhigenden Blau, verziert mit zarten Federwölkchen.

Das große weiße Hauptgebäude lag direkt vor ihnen. Über einen der Steinpfade, die alle Nebengebäude verbanden, liefen die Kinder bis zum hinteren Teil des

Hotels, wo sie normalerweise die Zwillinge trafen. Malerische Giebel ragten aus den dunklen Dächern, und grüne Fensterläden zierten jedes Fenster.

Für Leila war das Berghotel wie ein zweites Zuhause. Die Wohnung über dem Zauberladen war toll, aber hier gab es alles, von einem Swimmingpool bis hin zu einem großartigen Blick über Mineral Wells. Sie begleitete ihren Paps oft zur Arbeit, nur um durch die Gartenanlagen zu spazieren.

Hinter einer kleinen Laube schlugen die Golden-Zwillinge gerade Räder. Plötzlich ging Izzy in die Hocke, und Olly sprang auf ihre Schultern. Blitzschnell richtete Izzy sich auf, wobei sie ihren Bruder an den Beinen stützte. So standen die zwei auf der Wiese und empfingen den Rest des Zauberclubs, der ihre akrobatischen Fähigkeiten bewunderte.

Izzy rief zu ihrem Bruder hinauf: »Du hast ganz schön zugenommen!«

Olly klopfte sich auf den Bauch. »Das liegt an meinen lieben Freunden, den Donuts.«

Auf einmal wirkte Izzy, als könnte sie Olly nicht mehr halten. Sie kippte nach vorn und fiel auf die Knie. Olly machte einen perfekten Salto von ihren Schultern, lan-

dete mit ausgestreckten Armen und winkte fröhlich. Bei diesen beiden gehörte immer alles zur Show. Leila und die anderen brachen in begeisterten Applaus aus.

Die Zwillinge stimmten ein A-cappella-Lied an, zu dem sie steppten und Pirouetten drehten.

Herzlich willkommen hier, wie schön
euch alle wieder mal zu sehen!
Seit letztem Mal ist Zeit vergangen,
ihr hättet fast 'nen Affen gefangen.
Was für 'ne Woche, wir haben euch vermisst.
Guckt mal, was in unsren Taschen drin ist!

Gleichzeitig öffneten sie ihre Westentaschen, und als Leila, Carter, Theo und Ridley neugierig näherkamen, spitzten zwei rosafarbene Näschen heraus.

Ridley schrie auf und rollte rückwärts. Theo verzog den Mund. »Sind das *Mäuse*?«

»Wir wollten Zauberassistenten«, erklärte Olly.

»Wir dressieren sie schon den ganzen Tag«, fügte Izzy hinzu.

»Und was können sie?«, hakte Carter nach.

Die Zwillinge wechselten einen Blick.

»Bisher wirklich gut quieken«, meinte Izzy schließlich achselzuckend.

»Wo habt ihr sie her?«, fragte Leila.

»Hier aus dem Garten«, sagte Olly.

Izzy nickte. »Sie sind uns praktisch in die Hände gesprungen.«

»Also, ich weiß ja nicht, wofür ihr Zauberassistenten braucht«, bemerkte Ridley. »Ihr seid ja nicht einmal richtige Zauberer.«

»Wieso?«, fragte Olly. »Ich dachte, Lachen sei die beste Magie?«

»Na ja, eigentlich ist tatsächliche *Magie* die beste Magie«, warf Izzy ein.

»Pah«, erwiderte Olly. »Ich will nicht in eine Schublade gesteckt werden. Man sollte immer alles ausprobieren. Tanzen. Singen. Schauspielen. Pantomimen.«

Izzy verdrehte die Augen. »Bei dem Wort stimmt was nicht.«

»Bei *dir* stimmt was nicht. Ich meine ja nur, es gibt so vieles, was wir diesen Mäusen beibringen können.«

»Klar«, bestätigte Izzy. »Mathe! Chemie! Französische Küche!«

»O ja«, rief Olly. »Ich liebe *bœuf bourguignon.* Hey, Izzy!«

»Ja, Olly?«

»Wie nennt man Mäuse, die nicht gut knabbern können?«

»Keine Ahnung, Olly.«

»*Vernager!*«

»Hey, Olly!«

»Ja, Izzy?«

»Wo gehen Mäuse hin, wenn sie krank sind?«

»Ich weiß es nicht, Izzy.«

»Zum *Mausarzt!*«

Leila, Carter und Theo kicherten höflich, Ridley stöhnte laut. »An der Nummer solltet ihr noch arbeiten. Schön für euch, dass ihr neue Freunde gefunden habt, aber wenn niemand was dagegen hat, würde ich jetzt gern unser Treffen eröffnen.«

Sie reichte ihr Notizbuch an Carter weiter, der inzwischen so etwas wie der inoffizielle Schriftführer des Zauberclubs war. »Zuerst die Anwesenheitskontrolle.« Sie verlas die Namen der einzelnen Mitglieder, die jeweils »Hier!« riefen.

Außer Olly, der sagte: »Präsent! Ach, ich liebe Präsente. Hat jemand eins für mich?«

Ridley ignorierte ihn und fuhr fort: »Als Nächstes: Berichte. Gibt es da etwas?«

Izzy hob die Hand. »Wie war das Abendessen mit Sandra Santos?«

»Das hättet ihr sehen sollen«, meinte Carter. »Sie hat uns die Zukunft vorhergesagt, mit ihren Geistführern geredet und ist die Treppe runtergefallen, als sie Bossos Affen draußen vor dem Schaufenster entdeckt hat.«

»Also läuft der Affe immer noch in Mineral Wells herum?«, fragte Olly.

»Anscheinend«, antwortete Leila.

»Sandra klingt wie ein Brüller«, bemerkte Izzy.

»Nein, Izzy«, wandte ihr Bruder ein. »Ein Brüller klingt so: *Raaarrr!*«

»Wow, Olly, das war wirklich gut«, erwiderte Izzy ironisch. »Vielleicht solltest du dich mit einem Löwen anfreunden, dann könntest du *dem* auf den Pelz rücken.«

»Haha«, machte Olly. »Schade, dass wir nicht da waren. Sandra scheint zu wissen, wie man eine klasse Vorstellung abliefert.«

»Das stimmt«, meinte Leila. »Seid ihr Sandra hier noch gar nicht über den Weg gelaufen?«

»Sie war heute Morgen bei unserer Show«, antwortete Olly. »Und hat richtig laut geklatscht. Sehr nett von ihr.«

»Sie sieht sogar aus wie eine Hellseherin«, bemerkte Izzy. »Zumindest hat sie genau die passendenen Haare dafür. Lang, wellig und …« Sie senkte die Stimme. »*Voller Geheimnisse!*«

»Es gibt keine Hellseher«, sagte Ridley stöhnend.

»Aber wieso kannte sie dann alle möglichen Details über uns?«, fragte Leila.

»Dafür fallen mir tausend Gründe ein! Ich meine, sie hatte genug Zeit, um sich vor der Willkommensparty im

Hotel umzuhören. Seit der Sache mit Bosso kennen uns ein paar Leute hier.«

Carter schnitt eine Grimasse. »Hoffentlich nicht zu viele ...«

»Ich habe gestern Abend noch ein bisschen über die selbst ernannten Medien des letzten Jahrhunderts recherchiert«, erklärte Ridley. »Wusstet ihr, dass Harry Houdini nicht nur für seine Entfesselungskünste berühmt war, sondern auch falsche Geisterbeschwörer entlarvt hat?«

»Wirklich?«, fragte Leila. »Das ist mir neu, und ich bin ein riesiger Houdini-Fan.«

»Haben wir mitbekommen«, warf Theo trocken ein.

»Houdini gehörte zu einem Club, der es sich zur Aufgabe gemacht hatte, Leute von ihrem blinden Glauben an Wahrsager abzubringen. Er fand heraus, dass dieser Gespensterschleim namens Ektoplasma, den die Spiritisten auf den alten Fotos ausspucken, bloß nasser Mullstoff ist.«

Theo ergänzte: »In einem meiner Bücher ist ein Foto von einem Mann, der angeblich einen Meter über dem Boden schwebt. Bei genauerem Hinsehen erkennt man, dass er während der Aufnahme von einem Stuhl gesprungen ist. Sehr enttäuschend!«

»Aber bei Sandra hat alles so echt gewirkt!« Leila tastete nach dem Schlüssel unter ihrem Oberteil.

Ridley erwiderte: »Wenn man mal drüber nachdenkt, hat sie einfach vages Zeug erzählt. *Wir* haben die Lücken für sie gefüllt. Weil wir *glauben* wollten, dass es wahr ist. Ich nehme ihr kein einziges Wort ab von ihrem Hokuspokus über ›Geistführer‹ und ›Gespenster‹ …«

»Oh, oh! Wir haben etwas zu berichten.« Izzy knuffte ihrem Bruder mit dem Ellbogen in die Seite.

»Dass wir zu Mittag Thunfischsandwich hatten?«, fragte Olly. »Ich weiß nicht, ob das die anderen interessiert.«

»Nein, du Dumpfbacke. Die Gespenster!«

»Ach ja, die Gespenster!«

»Welche Gespenster?«, fragte Ridley spöttisch.

Olly hüpfte vor Erregung auf und ab. »Es geht das Gerücht um, dass es im Berghotel spukt!«

»Spukt?«, fragte Carter. »Wer spukt hier?«

»Du meinst wohl eher, *was*«, verbesserte Theo ihn.

»Treten Sie näher, meine Damen und Herren, und lauschen Sie unserer Geschichte«, flüsterte Izzy theatralisch. »Unsere Freunde vom Personal haben im verlassenen Flügel drüben im Haupthaus Dinge gehört und gesehen … *sonderbare* Dinge.«

»Es ist wahr«, fuhr Olly im selben Tonfall wie seine Schwester fort. »Dinge, für die es keine Erklärung gibt. In den vergangenen Wochen sind immer wieder Stimmen aus dem Flügel gedrungen, Schatten haben sich bewegt – bloß hat den gesamten Bereich schon seit Jahren niemand mehr betreten.«

Theo und Leila fröstelten.

Ridley hob die Augenbrauen. »Na klar. Und das soll jetzt ein Beweis für Gespenster sein?«

Ganz in der Nähe flog eine Tür auf, und die Kinder zuckten zusammen. »Puh«, machte Izzy. »Kein Gespenst. Nur Dean, der Portier.«

Ein dünner, alter Mann in einer viel zu großen grünen Uniform zog einen schmutzigen Wischmopp hinter sich her. »Dean!«, rief Olly.

Der Portier schaute auf, und Izzy winkte ihn herüber. »Hast du das mit den Gerüchten *über die Gespenster* hier mitbekommen?«

»Natürlich«, antwortete Dean. »Der Spuk jagt allen eine Heidenangst ein. Manche der Zimmermädchen sind abergläubisch und weigern sich, auch nur in die Nähe des verlassenen Flügels zu gehen. Der Hoteldirektor Mr Arnold ist mit seinem Latein am Ende. Er hat

schon damit gedroht, sie zu feuern, wenn sie ihre Arbeit nicht machen.«

»Und wessen Geister sollen da genau rumspuken?«, fragte Ridley, immer noch skeptisch.

»Kann ich nicht sagen, weil ich es nicht weiß. Aber in diesem Flügel sind definitiv schlimme Dinge passiert. Deswegen wird er bis heute nicht benutzt.« Dean warf einen Blick über die Schulter, als hätte er Angst, dass sie belauscht würden. »Vor Ewigkeiten hat's dort mal gebrannt. Der Schaden war riesig. Irgendwer ist auch verletzt worden. Man hat die Schuldigen nie gefasst, aber angeblich waren's ein paar Kinder. Der Verrückte, der unten in der Stadt den Zauberladen betreibt, mit seinen Freunden.«

»Was?!«, rief Leila. »Dieser *Verrückte* ist mein Dad!«

Dean wurde so rot wie die Rosen drüben im Blumenbeet. »Verzeihen Sie, Miss. Nix für ungut.«

Carter wechselte einen Blick mit den anderen. »Dante Vernon war schuld an einem *Feuer*?«

»Das sind nur Gerüchte«, sagte Dean unsicher. »Der Flügel ist wieder instand gesetzt worden, aber kurz darauf hat's wie aus Kübeln geschüttet, das Dach hat nachgegeben, Wasserschaden. Sie haben alles repariert, dann kam der schwarze Schimmel, gefolgt von Termiten, Mäusen, Spinnen, sucht euch was aus. Als wäre der Ort *verflucht*! Irgendwann haben die Eigentümer beschlossen, den ganzen Flügel abzutrennen und als Lagerraum zu verwenden. Angeblich wollen sie ihn wiedereröffnen, aber das dauert wohl noch. Nach so langer Zeit gibt's da drin bestimmt alle möglichen Geister.« Plötzlich schien er zu bemerken, dass er mit Kindern redete, und fügte schnell hinzu: »Falls euch wer fragt: Das habt ihr nicht von mir.«

»Klar doch. Man sieht sich, Dean!« Olly winkte dem Portier hinterher, der mit seinem Wischmopp im Schlepptau davonschlurfte. »Der Gute ist eine echte Plaudertasche.«

»Glaubt ihr wirklich, dass mein Dad was mit dem Feuer zu tun hatte?«, fragte Leila.

»Niemals«, antwortete Carter. »Das ist bloß blödes Gerede.«

»Und was ist mit den Gespenstern?«, hakte Theo nach. »Vielleicht sollten die Magischen Sechs sich der Sache annehmen.«

Ridley warf die Hände in die Luft. »Es gibt keine Gespenster!«

Carter erwiderte: »Erinnerst du dich daran, was Leilas Dad gesagt hat? Es ist egal, ob die Magie echt ist oder nicht. Was zählt, ist, was das Publikum glaubt. Dasselbe gilt auch für Gespenster.«

Plötzlich wirkte Ridley neugierig. »Hm ... Wenn das so ist, dann sollten wir auf jeden Fall ermitteln.«

»Und wenn wir tatsächlich Gespenster finden?«, fragte Izzy. »Dann wird das Hotel noch berühmter. Hey, Olly, was kriegt man in einem Spukhotel zum Frühstück?«

»Geister-Ei?«, riet Olly.

Izzy nickte. »Auf Buh-ttertoast!«

»Oh, hoffentlich spukt es hier wirklich!«

»Dann kommen noch mehr Gäste zu unseren Shows!«

»Nicht, wenn das ganze Personal gefeuert wird, weil es abergläubisch ist«, meinte Carter. »Niemand sollte aus Angst vor Geistern um seinen Job fürchten. Wir müssen diesem Quatsch auf den Grund gehen.«

Leila starrte zu Boden. Ridley knuffte ihr in die Seite. »Hey, Kopf hoch! Der alte Dean hat keinen blassen Schimmer, wovon er da redet.«

»Ich weiß nicht ...«, flüsterte Leila. »Mein Dad hat immer so viele Geheimnisse.«

»Schauen wir uns diese Geister genauer an. Vielleicht finden wir so auch mehr über das Feuer heraus.«

»Okay.« Leila lächelte zaghaft. »Es wäre schrecklich, wenn irgendjemand im Berghotel wegen so was seine Stelle verliert.« Sie klatschte in die Hände, weil sie einen genialen Einfall hatte. »Wir sollten Sandra um Hilfe bitten. Sie kann mit den Geistern *reden* und sie auffordern zu verschwinden. Und wenn die Leute in Mineral Wells eins lieben, dann ist es eine gute Show!«

»Und Pizza«, sagte Olly. »Die Leute hier sind verrückt nach Pizza.«

»Und Eis«, ergänzte Izzy. »Die Leute hier stehen totaaal auf –«

»Eine Show«, unterbrach Ridley die Zwillinge. »Tolle Idee, Leila. In welchem Zimmer ist Sandra untergebracht?«

ELF

»Sandra Santos, hallo?«, tönte die Stimme aus dem Hörer.

»Hallo, Sandra! Hier ist Leila, ich rufe von der Lobby aus an.«

»Leila, was für eine Überraschung! Ich habe gerade an dich gedacht. Möchtest du auf einen Tee heraufkommen? Ich könnte dir aus den Teeblättern die Zukunft lesen.«

»Na ja ... eigentlich haben meine Freunde und ich uns gefragt, ob Sie nicht zu uns runterkommen wollen.

Im alten, verlassenen Flügel geht irgendwas nicht mit rechten Dingen zu. Wir könnten Ihre Hilfe gebrauchen.«

Draußen auf der hinteren Veranda hatte sich inzwischen ein kleiner Menschenauflauf gebildet. Die Gäste und Hotelangestellten tuschelten aufgeregt miteinander. Leila beugte sich zu Carter und flüsterte ihm ins Ohr: »Wo kommen die ganzen Leute her?«

Carter zuckte mit den Schultern. »Während du mit Sandra telefoniert hast, hat Dean den anderen Mitarbeitern erzählt, dass eine Séance stattfindet, und das hat sich schnell herumgesprochen. Ich schätze mal, er hat uns belauscht.«

»Kinder!« Sandra eilte mit ausgestreckten Armen herbei, als wollte sie sie allesamt an sich drücken. Heute trug sie ein hellgrünes Seidenkleid mit wildem Muster und ein goldenes Stirnband, das ihr Haar zu einem seltsamen Pilz auftürmte. Daran war ein grüner Edelstein in Form einer Träne befestigt, der ihr in die Stirn baumelte. »Gut, dass ihr mich gerufen habt. Ich habe schon immer vermutet, dass es hier spukt.« Sie deutete auf den verlassenen Flügel. »Die Séance wird endlich Licht in die Sache bringen. Und riesigen Spaß machen!«

»Mit Geistern zu reden macht *Spaß*?«, fragte Ridley.

»*Menschen zu helfen* macht Spaß.« Sandra warf einen Blick auf die immer größer werdende Menge, die die glamouröse Dame anstarrte. Olly hatte recht gehabt: Dean der Portier war *wirklich* eine Plaudertasche. Sandra tat so, als würde sie die vielen Leute gar nicht bemerken.

»Darauf können wir uns doch sicher einigen, nicht wahr? Menschen zu helfen ist etwas Gutes.«

Ridley wurde rot und nickte.

Leila hielt es nicht länger aus. Sie nahm Sandra an der Hand und zog sie ein Stück zur Seite. »Sandra, können Sie uns etwas über das Feuer erzählen? Es gehen Gerüchte um, dass mein Dad und seine Freunde schuld daran waren. Hatte der Smaragd-Ring etwas damit zu tun?«

Sandra schnitt eine Grimasse und schüttelte den Kopf. »Darüber weiß ich nichts. Aber falls es tatsächlich ein Feuer gab, bezweifle ich stark, dass Dante dafür verantwortlich war. Nun – unser Publikum wartet. Wollen wir?« Sie schien keine Lust zu haben, weiter über das Thema zu reden.

Leila Wangen wurden heiß. Sie hätte die Sache nicht ansprechen sollen. Nicht hier, nicht jetzt.

Sandra ließ den Blick über die Fassade wandern. Vor den meisten Fenstern hingen Vorhänge, aus den anderen starrte ihnen Dunkelheit entgegen. Trotz der Nachmittagsschwüle überlief Leila ein kalter Schauer. Sandra kniff abschätzend die Augen zusammen, wie um zu zeigen, dass sie keine Angst hatte, und dadurch fühlte Leila sich ein bisschen besser.

Sandra rüttelte am Knauf der Hintertür, aber sie war offenbar verschlossen. »Hat jemand vielleicht den Schlüssel?«

Schlüssel? Leila betastete den kühlen Anhänger unter ihrem Oberteil. War das nun der Moment, den Sandra vorhergesagt hatte? Trug Leila das Werkzeug bei sich, um die Tür zum verlassenen Flügel zu öffnen? Wobei ... dafür brauchte sie eigentlich keinen Schlüssel, ihre Glücksdietriche würden genügen. Bloß traute sie sich nicht, vor all diesen Leuten das Schloss zu knacken. Nicht, dass noch jemand auf die Idee käme, sie wäre eine Einbrecherin.

»Hier, ich!« Dean schob sich nach vorn. In seiner erhobenen Hand klirrte ein großer Schlüsselring. Als er die Tür aufmachte und zur Seite trat, entwich ein muffiger Geruch, der Leila an die Schränke in Mutter Margarets Waisenhaus erinnerte.

Sandra ging auf den Eingang zu. Mit beiden Händen hielt sie sich am Türrahmen fest und versteifte sich, als würde ihr irgendetwas im Inneren des Flügels gehörig zusetzen. »O ja, hier gibt es zweifellos Geister. Ich höre sie rufen. Hören Sie sie auch?«, fragte sie die versammelte Menge. Noch lauteres Gemurmel war die Antwort.

Leila war sich nicht sicher, ob das jetzt Ja oder Nein bedeutete. Sie selbst hörte jedenfalls nichts außer dem Wind in den Bäumen und dem Tuten eines Zuges in der Ferne. An die Magischen Sechs gewandt, fügte Sandra hinzu: »Meine Lieben … Kommt mit, ich brauche eure Hilfe. Gemeinsam bringen wir die nötige Energie auf, um eine Verbindung zum *Jenseits* herzustellen.«

Verstohlen beobachtete Leila die anderen. Ridley stand die Skepsis ins Gesicht geschrieben. Carter wirkte neugierig, Theo unentschlossen, so als müsste er erst mehr erfahren, um sich ein Urteil bilden zu können. Olly und Izzy kicherten vor Spannung. Leila fühlte von allem etwas. Zusammen näherten sie sich der Tür. Sandra wies sie an, sich im Kreis aufzustellen und an den Händen zu fassen. »Konzentriert euch. Seid ganz still und lauscht.« Sie schloss die Augen und rief: »Liebe Freunde, die ihr verloren umherwandert … hört mich an. Gebt mir ein Zeichen!«

Ein Raunen lief durch die Zuschauer, und sie zeigten auf die Fenster. Aus dem Augenwinkel meinte Leila, hinter einigen Scheiben ohne Vorhänge eine Bewegung wahrzunehmen, doch als sie genauer hinschaute, war nichts zu sehen. Sie fröstelte.

Sandra fuhr fort: »Es ist eine allgemein gültige Tatsache, dass wir uns dort niederlassen, wo wir uns sicher und wohl fühlen. Diese Geister betrachten offenbar das Berghotel als ihr Zuhause. Ich kann es ihnen nicht verübeln. Wer von Ihnen würde auch gern für immer hier wohnen?« Die Zuschauer lachten, und einige Hände schossen in die Höhe. »Aber damit dieser Ort so wundervoll und behaglich bleibt, muss ich die Störenfriede leider bitten weiterzuziehen.«

Sofort begannen ein paar der Fenster zu klappern und in den Rahmen zu wackeln. Die Menge wisperte aufgeregt, und Leila stand vor Staunen der Mund offen.

Ridley blickte mit hochgezogenen Augenbrauen nach oben, so als würde sie versuchen, den Trick zu durchschauen. Leila dagegen wollte an Sandras Fähigkeiten glauben. Falls es sich tatsächlich um einen Trick handelte, war er zumindest gut vorbereitet.

»Seid uns nicht böse!« Sandra warf den Kopf in den Nacken, als stünde sie im Bann der Geisterwelt. »Es ist zu eurem Besten. Sucht das Licht in der Finsternis!« Die Fenster klapperten heftiger. »Zieht weiter. Tretet ins Licht. Ins Warme. Haltet Ausschau nach euren Lieben. Sie werden euch helfen, ein neues Zuhause zu finden.«

Hinter den dunklen Fenstern blitzte es. Das Publikum schrie überrascht auf. Sandra erzitterte und stürzte in der Mitte des Kreises, den die Magischen Sechs gebildet hatten, zu Boden. Die Kinder wichen einen Schritt zurück, wie aus Furcht, sie könnte sich auch in gleißendes Licht verwandeln.

Eine ganze Weile lang wurde sie durchgeschüttelt, als erlebte nur sie ein Erdbeben. Leila war kurz davor, die Séance zu beenden, doch Sandra hielt sie mit einer Handbewegung davon ab.

Schließlich beruhigte die Hellseherin sich und hob den Kopf. Auf ihrem Gesicht lag ein Ausdruck tiefer Erschöpfung. Sie stand auf, klopfte sich das Kleid ab und sah hoch zu den Fenstern des alten Flügels.

»Sie haben meiner Bitte nachgegeben«, verkündete sie. »Ab sofort spukt es in diesem Hotel nicht mehr.«

Die Menge brach in Beifall aus. Theo und die Golden-Zwillinge applaudierten begeistert, aber Leila klatschte am allerlautesten.

Der Jubel fand ein abruptes Ende, als von der anderen Seite der Veranda her eine wütende Stimme erklang. »Was genau geht hier vor sich?«

ZWÖLF

Die Menge teilte sich, und ein kleiner Mann im weißen Anzug bahnte sich seinen Weg nach vorn. Am akkuraten Scheitel im dunklen Haar und der krebsroten Gesichtsfarbe (die er auch hatte, wenn er nicht wütend war) erkannte Leila sofort den Hoteldirektor Mr Arnold. Er musterte die Mitglieder seiner Belegschaft scharf, die ihrerseits die Köpfe senkten und versuchten, seinem Blick auszuweichen.

»Nun?«, fragte er, »was hat das hier alles zu bedeuten?«

»Hi, Mr Arnold.« Izzy winkte, als könnte sie seinen Ärger so verscheuchen. »Madame Esmeralda hat eine Séance abgehalten, um die Geister im verlassenen Flügel zu vertreiben. Sie war unglaublich!«

»Geister? Wer hat etwas von Geistern gesagt?« Mr Arnold ließ die Augen über die Gäste schweifen, wie um sicherzustellen, dass niemand einen verstörten Eindruck machte.

»Madame Esmeralda ist ziemlich berühmt«, warf Theo ein. »Sie tritt überall im Land vor großem Publikum auf.«

Wie aufs Stichwort fingen die Zuschauer wieder an zu applaudieren. Das schien Mr Arnold etwas milder zu stimmen. Mehrere Frauen fragten Sandra, ob sie im Laufe der Woche noch einmal auftreten würde. Andere erkundigten sich nach privaten Sitzungen, woraufhin Sandra Visitenkarten aus dem Ärmel zog und verteilte. Langsam verwandelte sich die missmutige Miene des Direktors in Zufriedenheit. Er schüttelte Sandra die Hand.

»Zufälligerweise hat unser Stargast für übermorgen abgesagt«, raunte er ihr zu. »Es wäre mir eine Ehre, wenn Sie einspringen würden.«

Sandra strahlte. »Aber mit Vergnügen!«

Mr Arnold klatschte in die Hände. »Wunderbar. Mein Team wird gleich die Werbetrommel rühren. Nach Ihrer Vorstellung hier und bei der Geschwindigkeit, mit der sich Neuigkeiten in dieser Stadt verbreiten, haben wir mit Sicherheit ein volles Haus.« Mit einem breiten Grinsen im Gesicht spazierte er davon, um mit den Hotelgästen zu plaudern.

»Wie aufregend!«, rief Leila. »Dann sehen wir Sie live auf der Bühne.«

»Das lief wie am Schnürchen«, ergänzte Theo.

»Dank euch.« Sandra lächelte die Magischen Sechs an. »Ihr seid offenbar besser darin, mir Auftritte zu verschaffen, als meine Agentin. Nun denn ... wenn ich den Leuten etwas bieten will, sollte ich mich wohl vorbereiten. Bis bald!« Und mit einem Schwung ihres Seidenkleids machte sie sich auf den Weg zurück zum Haupteingang.

»Was war das gerade?«, fragte Ridley verdutzt.

»Magie?«, meinte Carter.

»Und das sollen wir einfach glauben? Ich habe da so meine Zweifel.«

Leila schnalzte mit der Zunge. »Also, ich *glaube,* dass ich unheimlichen Durst habe. Wollen wir zu Paps in die

Küche gehen? Ich kann's kaum erwarten, ihm alles zu erzählen.«

»Huch!« Ollys Maus war aus seiner Westentasche entwischt und krabbelte ihm auf die Schulter.

»Hab ich dich.« Izzy schnappte sich den kleinen Nager und wiegte ihn wie ein Baby. Die andere Maus linste aus ihrer Weste, um zu sehen, was los war. »Guckt mal, wie süß die beiden sind! Vielleicht gibt der andere Mr Vernon ihnen auch was zu trinken?«

»Ich finde, wir sollten sie Ozzy und Illy nennen«, sagte Ozzy. (Ähm, ich meine natürlich *Olly*!)

»Das könnte leicht verwirrend sein«, meinte Illy. (Quatsch, *Izzy*!) Sie hatte recht. *Sehr* verwirrend.

* * *

In der Hotelküche war der andere Mr Vernon gerade dabei, Schokoladenteig in Förmchen zu gießen.

»Hallo«, begrüßte Carter ihn, »kriegen wir bitte Limonade?«

»Aber sicher, bedient euch.«

»Danke, Paps!« Leila umarmte ihren Vater stürmisch. »Du errätst nie, was eben passiert ist!«

»Da hast du völlig recht«, antwortete er und schob sich die Kochmütze zurecht. »Aber ich hoffe, du erzählst es mir.«

Die Worte purzelten Leila nur so aus dem Mund. Carter schenkte unterdessen sechs Gläser eiskalte Limonade ein. Als Leila zu Ende berichtet hatte, schaute ihr Paps beeindruckt in die Runde. »Tolle Geschichte! Sandra freut sich bestimmt riesig über die Show. Ich wette, sie reserviert euch die besten Plätze.«

»Ich bin wirklich gespannt, was sie noch so alles tun kann«, sagte Theo.

»Wir sollten uns auch noch mal darüber unterhalten, was sie schon getan *hat*«, meinte Ridley.

»Oder tun tan tat«, warf Olly ein.

»*Tun-tan-tat-schubidu-wat*«, improvisierte Izzy.

Ridley verdrehte die Augen. Die Zwillinge verstummten verlegen.

»Diese blitzenden Lichter hinter den Fenstern …« Ridley tippte sich ans Kinn. »Denkt ihr, die hätte sie irgendwie steuern können? Mit … keine Ahnung, Strom?«

»Sie hatte bestimmt Helfer«, sagte Carter.

»Aber wen?«, fragte Leila. »Schließlich ist sie nicht mit einer ganzen Reisegruppe hier aufgeschlagen.«

»Vielleicht hat sie auch alles allein vorbereitet«, überlegte Theo. »Sie könnte die Fenster zum Beispiel mit Seilen oder Drähten präpariert haben.«

Obwohl Leila es normalerweise genoss, Hochstapler und ihre Tricks zu entlarven, sank ihre Laune. Sandra war so hübsch und nett – Leila wünschte, ihre Freunde würden nicht ständig an ihren Fähigkeiten zweifeln. Doch ehe sie etwas einwenden konnte, rief der andere Mr Vernon plötzlich: »Was ist das denn?«

Mit dem Kochlöffel in der Hand deutete er auf die Mäuseschnauzen, die aus Ollys und Izzys Westen lugten.

»Ähm, ganz sicher keine Mäuse«, sagte Olly.

»Raus aus meiner Küche! Ich habe euch gern, aber eure kleinen Freunde haben hier nichts zu suchen. Hygienevorschriften! Also schnell, wenn ich bitten darf.«

»Danke für die Limo!« Carter schob die Zwillinge hastig zur Tür.

»Ich hab dich lieb, Paps«, fügte Leila hinzu und folgte der Gruppe in die Lobby vor der Küche.

»Pfui, Ozzy und Illy«, schimpfte Olly. »Keinen Käse mehr für euch!«

»Wir sollten die Mäuse langsam nach Hause bringen«, meinte Izzy. »Wir müssen gleich proben.«

»Und der Rest von uns macht sich auch besser auf den Heimweg«, ergänzte Ridley. »Ich arbeite gerade an einem neuen Trick, den ich heute noch üben möchte.«

Als sie die Lobby durchquerten, ließ Leila den Blick über die Sitzgruppen aus hohen Ledersesseln und dunklen Holztischchen wandern. An den Wänden hingen ausgestopfte Köpfe von Elchen, Hirschen und Bären. Riesige eingetopfte Palmen und Farne begrünten den Raum und boten den Hotelgästen, die dort saßen, Sichtschutz.

Als Leila neu in Mineral Wells gewesen war, hatte sie oft in diesem Raum gespielt und so getan, als müsste sie sich vor den Tieren an den Wänden verstecken. Die glückliche Erinnerung brachte sie zum Lächeln.

Die Kinder hatten den Ausgang schon fast erreicht, als irgendwo in der Nähe eine vertraute Stimme zu hören war. Leila blieb stehen. »Sandra ist immer noch hier unten«, sagte sie.

»Aber wo?«, fragte Ridley. »Ich sehe sie nirgends.«

»Da!« Carter zeigte in die Ecke der Lobby.

Sandra saß allein in einem Sessel. Sie wirkte besorgt und lehnte sich weit zurück, als ob die Blätter der Zimmerpflanzen sie tarnen sollten.

Leila dirigierte die Gruppe hinter eine breite Säule daneben. »Was ist los mit ihr? Glaubt ihr, es geht ihr gut?«

»Sie scheint mit sich selbst zu sprechen«, meinte Theo.

»Und worüber? Versucht sie weiter, mit den Hotelgeistern in Kontakt zu treten?«

Ridley seufzte. »Oder es hat einen von tausend anderen Gründen. Vielleicht geht sie im Kopf ihren Auftritt durch. Vielleicht denkt sie darüber nach, was sie an Requisiten braucht. Vielleicht ist sie einfach nur durchgeknallt.«

»Das ist nicht nett, Ridley«, mahnte Leila.

Ridley grinste. »Ich habe nie behauptet, ich wäre nett.«

»Izzy und ich reden ständig mit uns selbst«, sagte Olly. »Und wir sind vollkommen normal.«

Die anderen prusteten los.

Plötzlich zischte Sandra: »*Kommt nicht infrage! Das mache ich auf keinen Fall!*«, ohne dass ein Gesprächspartner in Sicht gewesen wäre.

Leila spähte um die Säule herum. Sandra war ganz rot im Gesicht und den Tränen nahe. Schnell lief Leila hinüber und fragte: »Alles okay?«

Peinlich berührt sprang Sandra auf. »Leila! Was tust du denn noch hier?«

Leila stammelte: »Ich ... ich ...« Mehr brachte sie nicht heraus.

»Alles in Ordnung«, beruhigte Sandra sie, und ihre erschrockene Miene wich einem traurigen Lächeln. »Ich muss jetzt nach oben in mein Zimmer, aber ich melde mich bei euch, ja? Denkt dran, Dante von der Show zu erzählen. Es wäre zu schade, wenn er sie verpassen würde.«

»Oh, hm, na gut«, antwortete Leila. Schon eilte Sandra auf die große Treppe zu und verschwand.

Theo und die anderen gesellten sich zu Leila. »Was war das denn?«

Sie lief rot an, zwang sich aber zu einem Lächeln. »Ich weiß es nicht genau.«

* * *

Am Abend saßen Leila und Carter bei Kerzenschein mit Mr Vernon im Wohnzimmer und tranken Malzbier, während Carter von ihrem ereignisreichen Tag berichtete. Durch die offenen Fenster drang Froschquaken he-

rein. Mr Vernon schnippte mit den Fingern, und die Farbe der Kerzenflamme wechselte von Gelb zu Grün zu Blau zu Rot. Carter juchzte jedes Mal kurz auf. Leila war ungewöhnlich still.

Schließlich brach sie ihr Schweigen. »Dad, hat der Smaragd-Ring sich früher auch im Berghotel getroffen?«

Mr Vernon schien zu überlegen, wie er am besten darauf antworten sollte. »Ja, recht häufig sogar. Hinten im alten Flügel, als er noch bewohnbar war. Aber irgendwann dann nicht mehr. Wir haben uns auseinandergelebt.«

»Seltsam«, sagte Carter. »Davon hat Sandra nichts erzählt.«

Leila wollte ihren Vater nach dem Feuer fragen, das Carter gar nicht erwähnt hatte, fürchtete jedoch, ihm damit die Redelaune zu verderben.

»Eigentlich ist es überhaupt nicht seltsam«, erwiderte Mr Vernon. »Gute Zauberer wissen die Aufmerksamkeit ihres Publikums zu lenken. Alles, was heute geschehen ist – diese Spukgeschichten gefolgt von der Séance –, geschah, weil Sandra es so wollte.«

»Wie meinst du das?«, hakte Leila nach.

»Lasst mich euch eine Frage stellen: Seit wann geht das Gerücht um, dass es im Berghotel spukt?«

»Laut Olly und Izzy erst seit Kurzem«, antwortete Carter.

»Interessant.« Mr Vernon nahm einen Schluck aus seinem Glas.

Leila war verwirrt. »Was ist daran so interessant?«

Mr Vernon fuhr sich mit der Zunge über den Schnurrbart und tat, als hätte er sie nicht gehört.

»Vermutlich will er sagen, dass es eine Verbindung zwischen Sandras Ankunft und dem Beginn der Geistergerüchte gibt«, warf Carter ein.

»In der Tat ein ziemlicher Zufall«, bemerkte Mr Vernon.

»Nur, dass es vielleicht kein Zufall ist. Oder, Dad?«, meldete Leila sich wieder zu Wort.

Mr Vernon wandte den weißen Lockenkopf zum Fenster, und ein Lächeln huschte über sein Gesicht. »Sieh an, es scheint endlich abzukühlen. Spürt ihr den Wind?«

Leila stöhnte. Das war typisch für ihn. Er gab ihnen einen winzigen Hinweis und erwartete dann, dass sie den Rest selbst herausfanden. »Du denkst also, Sandra hat das alles geplant?«

Endlich schaute Mr Vernon ihr wieder ins Gesicht. »Zaubertricks müssen manchmal von sehr langer Hand vorbereitet werden, damit sie die richtige Wirkung erzielen.«

»Kannst du uns mehr über deinen ehemaligen Club erzählen?«, fragte Carter. »Was habt ihr bei euren Treffen gemacht? Wer waren deine übrigen Freunde?«

»Ach, unser Zauberclub war gar nicht so anders als eurer.« Mr Vernon gähnte und stand auf. »Aber es ist spät. Noch eine alte Geschichte, und ihr würdet vor Langeweile einschlafen. Gäbe es doch nur einen Ort in Mineral Wells, an dem ihr nach Antworten suchen könntet.« Er schlenderte in die Küche, um sein leeres Glas in die Spüle zu stellen, und rief: »Gute Nacht!«

»Einen Ort in Mineral Wells?«, wiederholte Carter.

»Noch ein Hinweis.« Leila verdrehte die Augen. Ihr Dad war so durchschaubar … und dann auch wieder nicht.

Carter lachte. »Es wäre einfacher, wenn er es uns direkt sagen würde.«

Leila hob die Augenbrauen. »Wir wissen doch mittlerweile, dass bei Dante Vernon *nichts* einfach ist.«

Damit umarmten sie sich schnell und gingen zu Bett.

Allerdings schliefen sie nicht sofort ein. Leila hörte Carter an die Wand zwischen ihren Zimmern klopfen, und zwar in einem ganz bestimmten Rhythmus. Es war der Morsecode, den Ridley ihnen beigebracht hatte.

Es klopfte noch einmal:

....– – ./–. .– –.–. .... –/
–.– ––– –– –– . –./ –.– . .. –. ./
––. . .. ... – . .–.

Leila umklammerte den Schlüssel, der um ihren Hals hing, und klopfte zurück:

––. ..– – ./–. .– –.–. .... –/
–.–. .– .–. – . .–.

Danach wurde es still, und das Quaken der Laubfrösche vor dem Fenster wiegte sie sanft in den Schlaf.

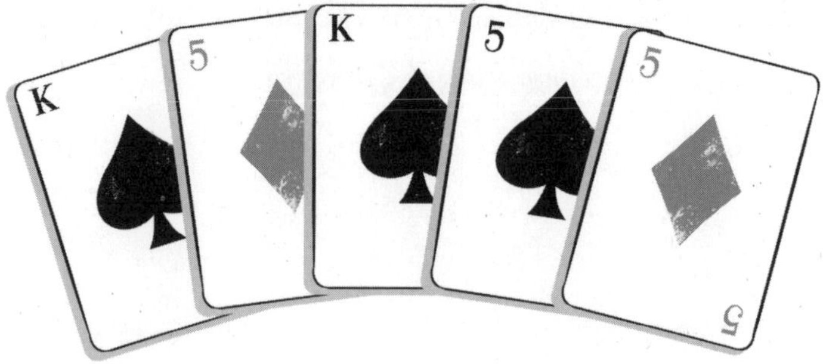

DREIZEHN

Ja, ja, du denkst wahrscheinlich: Nicht schon wieder dieser Zahlenaberglaube.

Aber lass dir gesagt sein: Aberglauben auszumerzen ist gar nicht so einfach. Zuckst du etwa nicht zusammen, wenn eine schwarze Katze von links über die Straße läuft? Gehst du unter Leitern hindurch? Und was ist mit zerbrochenen Spiegeln? Sieben Jahre können eine Ewigkeit sein, wenn man die ganze Zeit Pech hat.

Wie im ersten Band halte ich es also für das Beste, dieses Kapitel zu überspringen. Und während ich daran arbeite, meine Angst vor

der Zahl Dreizehn in den Griff zu bekommen, wie wär's mit einer kleinen Showeinlage von Ridleys Zylinder?

Dieses Kaninchen kann wirklich nicht viel, oder? Außer mit dem süßen Näschen wackeln natürlich. Großartig! Okay, zurück zu unserer Geschichte. Na los, lies weiter …

VIERZEHN

Nach dem Frühstück trafen sich Leila und Carter in ihrem Geheimquartier, noch bevor der Zauberladen aufmachte.

»Ich habe nachgedacht«, flüsterte Leila.

»Schon wieder?«, fragte Carter und grinste.

»Gestern Abend hat Dad erwähnt, dass er und seine Freunde sich oft im verlassenen Flügel getroffen haben. Vielleicht war das seine umständliche Art, uns zu sagen: *Schaut euch dort mal um?* Wir wollten mehr über seinen alten Zauberclub wissen. Möglicherweise finden wir es so heraus.«

Carter nickte. »Stimmt. Und selbst wenn nicht, ist es eine Expedition wert.«

»Lass uns den anderen Bescheid geben, sobald Dad vom Einkaufen zurück ist.«

Es klopfte an die Ladentür. Schnell huschten sie aus dem Geheimquartier und verschlossen den Eingang. Leila lugte um die Ecke und entdeckte zu ihrer Überraschung Sandra winkend vor dem Schaufenster. Die Hellseherin hatte das Haar zu einem unordentlichen Pferdeschwanz zusammengebunden und trug ein schmutziges blaues Hemd über einer dunklen Jeans. Einzig die weißen Sternenohrringe deuteten darauf hin, dass sie *die* Madame Esmeralda war. Leila sperrte die Tür auf und ließ sie herein.

»Guten Morgen, ihr Lieben!«

»Hi, Sandra«, sagte Leila.

Carter hob grüßend die Hand. »Und, sind Sie bereit für Ihre Show?«

»Gestern Abend bin ich alles noch einmal durchgegangen«, antwortete Sandra. »Heute bringe ich das alte Haus meiner Mutter auf Vordermann. Und weil es um die Ecke liegt, dachte ich, ich schaue mal vorbei. Ich muss Leila nämlich etwas Wichtiges fragen.«

Sie holte einen dicken Stapel bunter Karten aus der Hosentasche und mischte sie kurz. Dann breitete sie sie fächerförmig auf der Theke aus, zog eine aus der Mitte und drehte sie um. Sie zeigte eine Frau, die unter dem Licht von sieben Sternen neben einem Teich kniete und Wasser aus zwei Krügen schüttete. Ein Wasserstrahl ergoss sich in den Teich, der andere aufs Land. »Meine Tarotkarten prophezeien, dass du … Ja sagen wirst.«

»Sollte ich nicht erst einmal erfahren, worum es geht?«, fragte Leila.

»Vermutlich schon.« Sandra lachte leise. »Also: Es wäre mir eine Ehre, wenn du meine Show im Berghotel mit einem kleinen Auftritt eröffnen würdest.«

Leila warf einen Blick zu Carter, der ebenso verblüfft wirkte wie sie selbst. »Ich soll Ihre Show eröffnen?« Ihr wackelten die Knie. »*Morgen Abend?*«

Sandra nickte aufmunternd.

»Wahnsinn!«, hauchte Carter.

»Aber warum nur ich? Warum keiner der anderen?«

»Für all eure Fähigkeiten reicht die Zeit leider nicht. Aber du bist so talentiert und mitreißend, du machst das bestimmt ganz fabelhaft. Und Dante wäre sicher aus dem Häuschen.«

»Das hoffe ich«, antwortete Leila mit zitteriger Stimme.

»Keine Angst, ich gebe dir ein paar Tipps, wie man das Publikum lenkt«, beruhigte Carter sie.

»Das kann sie längst«, meinte Sandra. »Sie ist Leila Vernon. Sie kann alles.«

✶ ✶ ✶

Carter und Leila saßen auf dem Boden des Zauberladens und bereiteten Leilas ersten Soloauftritt vor. Sie schnitten gerade ein Seil in Stücke und knoteten es anschließend wieder zusammen, als Mr Vernon hereinkam, gefolgt von Theo und Ridley. »Schaut mal, wen ich draußen gefunden habe«, rief er.

»Ich weiß nicht, was wir ohne Sie gemacht hätten«, sagte Ridley ironisch.

»Vielleicht wären wir bis in alle Ewigkeit ziellos umhergewandert«, fügte Theo mit einem sanften Lächeln hinzu.

Mr Vernon deutete mit dem Kopf auf das Knotenchaos zwischen Leila und Carter. »Habt ihr vor, heute Vormittag noch mehrere sehr kleine Menschen zu fesseln?«

»Nein, viel besser!« Carter knuffte Leila in die Seite. »Na los, erzähl's ihm.«

Leila wurde rot. »Sandra ist eben vorbeigekommen und hat mich gebeten, ihre Show morgen Abend im Berghotel zu eröffnen.«

»Super!« Ridley stieß eine Faust in die Luft.

»Herzlichen Glückwunsch, Leila«, gratulierte Theo. »Das hast du dir redlich verdient.«

Mr Vernon kniete sich hin und nahm Leila in den Arm. »Das ist spektakulär, mein Schatz«, flüsterte er ihr zu.

»Wir sind dabei, ein Programm auf die Beine zu stellen.« Carter schnippte mit den Fingern – und *zack*, hatte er ein Paar Daumenschellen in der Hand. »Ich habe die hier vorgeschlagen.«

Leila griff nach den Schellen, schloss sie um ihre Daumen und hob die Hände, um sie den anderen zu zeigen. »Aber wahrscheinlich ist der Effekt nicht groß genug für die Bühne.« Sie wackelte kurz mit den Fingern, und die Daumenschellen fielen klirrend zu Boden. »Seht ihr? Nicht besonders beeindruckend.«

»Also, ich bin sehr wohl beeindruckt.« Theo unterzog die kleinen Dinger einer genauen Untersuchung.

Leila schaute Mr Vernon an. »Ich habe gehofft, Dad würde uns vielleicht die unglaubliche Entfesselungsnummer beibringen, die er vorgeführt hat, als ich ihm zum ersten Mal begegnet bin. Die mit den maskierten Assistenten und dem Sack aus Wachstuch.«

»Dafür haben meine Kollegen und ich monatelang geübt«, entgegnete Mr Vernon.

Leila verbarg ihre Enttäuschung hinter einem Lächeln. »Aber irgendwann zeigst du sie mir, oder?«

»Natürlich. Wenn wir mehr Zeit haben.«

»Sandra meinte, die Show fängt um acht an. Du kommst doch, oder, Dad?«

Mr Vernon verzog das Gesicht. »Es tut mir leid, mein Schatz, aber um diese Uhrzeit habe ich etwas wirklich Wichtiges hier im Laden zu erledigen.«

Leila traute ihren Ohren nicht. »Wichtiger als mein erster eigener Auftritt? Ich stehe ganz allein auf der Bühne! Sandra wünscht sich auch, dass du da bist.«

»Das glaube ich gern«, erwiderte Mr Vernon. »Aber dein Paps wird da sein und alle deine Freunde. Du wirst massenweise Fans haben – die gesamte Stadt.«

»Ich brauche nicht die gesamte Stadt, ich brauche dich!«

»Wenn das so ist, veranstalten wir einfach eine Vernons-Zauberladen-Exklusivshow, sobald du zurück bist«, rief Mr Vernon munter und breitete die Arme aus. »*Leilas Zugabe!* Na, wie wäre das?« Leila stand die Enttäuschung ins Gesicht geschrieben. Sofort beugte Mr Vernon sich zu ihr und sagte leise: »Es tut mir schrecklich leid. Ich wünschte, ich könnte es ändern, aber das ist unmöglich. Ich mache es wieder gut, versprochen.«

Er streckte die Hand aus und zauberte einen Strauß rosafarbene Federblumen herbei. Leila nahm ihn entgegen, doch das Lächeln, das sie ihm dafür schenkte, war ein trauriges.

FÜNFZEHN

Nachdem Leila und Carter den Großteil des Tages damit verbracht hatten, für die Show zu üben, zog er sie für eine wohlverdiente Pause aus dem Laden.

»Wohin gehen wir?«, fragte sie.

»Zum Berghotel, um uns mit den anderen zu treffen«, antwortete Carter mit einem verschmitzten Lächeln.

Theo und Ridley warteten auf der hinteren Veranda. Jetzt fehlten nur noch Olly und Izzy. Die späte Nachmittagssonne fiel durch die Bäume und warf Schattenspren-

kel auf die Hotelwände. Leila musste an die seltsamen Lichter hinter den Fenstern während der Séance von Madame Esmeralda denken. Was sich wohl wirklich im Inneren des alten Flügels befand?

Ridley beugte sich in ihrem Rollstuhl gespannt vor und starrte die Tür an, die einen Spaltbreit offen stand. Ein Streifen Finsternis starrte zurück. »Offenbar hat Dean gestern vergessen, wieder abzuschließen.«

»Oder ein Geist hat für uns aufgemacht«, erwiderte Theo.

Leila fröstelte. »Ich weiß nicht genau, ob ich an Geister glaube, aber so richtig wohl fühle ich mich hier nicht.«

»Geht mir auch so«, meinte Theo.

»Und mir erst!«, fügte Carter hinzu. »Aber wir sind heute ja nicht als Geisterforscher hier, sondern wollen mehr über den Smaragd-Ring erfahren. Vielleicht lassen wir das Übernatürliche erst einmal beiseite.«

Leila tastete nach ihrem Schlüssel und umklammerte ihn. Er gab ihr Halt, genau wie ihre Freunde.

»*Buh!*«, flüsterte eine Stimme ihr ins Ohr.

»*Uuuuh*«, stöhnte eine zweite Stimme auf der anderen Seite.

Leila war sich nicht sicher, in welche Richtung sie sich drehen sollte. Als sie sich schließlich für eine entschied, stellte sie fest, dass Olly und Izzy sich wie so oft angeschlichen hatten.

»Wo ist Madame Esmeralda?«, fragte Olly, seine Maus in der Hand.

Auch Izzy holte ihren Nager hervor und fügte hinzu: »Wir wollten ihr den Trick zeigen, den wir Ozzy und Illy beigebracht haben.«

»Ich dachte immer, es heißt *Olly und Izzy.*« Ridley runzelte die Stirn.

»Das sind wir«, entgegnete Izzy. »Die beiden hier sind Ozzy und Illy.«

»Sandra ist im Theatersaal und bereitet sich auf die Show vor«, unterbrach Leila das Geplänkel, bevor es noch absurder werden konnte.

»Wir freuen uns so für dich«, sagte Olly.

»Ja, herzlichen Glückwunsch, Leila«, gratulierte Izzy. »Im Vorprogramm auf der Bühne des Berghotels zu stehen – das ist eine Riesensache. Das haben schon viele gemacht, die später total berühmt geworden sind.«

Ridley erkundigte sich neugierig: »Ja? Wer denn zum Beispiel?«

Olly und Izzy wechselten einen Blick und zuckten mit den Schultern.

»Trotzdem vielen Dank, ihr zwei.« Leila verneigte sich galant.

»Welchen Trick wolltet ihr Sandra zeigen?«, fragte Theo die Zwillinge und deutete auf die Mäuse.

»Ach, stimmt ja.« Olly streckte die Hand aus, auf der seine Maus saß. Izzy hielt ihre genau daneben. Dann wackelte Olly vor den Köpfen der beiden Nager mit den Fingern. »Ich habe sie hypnotisiert, sodass sie nicht mehr sprechen können.« Alle warteten darauf, dass etwas passierte, aber die Mäuse zuckten nur mit den Näschen.

»Sie lernen schnell«, meinte Izzy.

»Ziemlich beeindruckend, findet ihr nicht?«, fragte Olly.

»Wollt ihr darauf eine *ehrliche* Antwort?«, entgegnete Ridley.

Die Zwillinge verneinten lachend. Sie waren an Kritik gewöhnt, aber auf die von Ridley konnten sie im Moment ganz gut verzichten.

(Das solltest du dir auch merken: Manchmal reagiert dein Publikum nicht so, wie du es gern hättest. Und in den meisten Fällen kannst du nicht einfach von der

Bühne rennen und dich verstecken. Deshalb ist es nützlich zu lernen, die Worte an dir abperlen zu lassen wie Wasser am Federkleid einer Ente.)

Ridley seufzte. »Okay, nachdem wir das jetzt geklärt hätten – wer will auf Entdeckungstour gehen?«

»Wenn die Tür sowieso offen steht, ist es dann falsch einzutreten?« Leila drückte unauffällig gegen das Holz. Mit einem durchdringenden Quietschen schwang die Tür auf.

»Darüber lässt sich streiten.« Carter marschierte voraus. Die anderen folgten ihm. »Ich kann ja mal meinen Verbrecheronkel fragen, wenn ich ihn das nächste Mal sehe. Also hoffentlich *nie*.«

Der Eingangsbereich war mit allerlei Krempel zugestellt: alten Zementsäcken, kaputten Gartenmöbeln, schmutzigen Krocketschlägern, verwitterten Ruderbooten. Dieser Teil des Hotels wurde schon so lange nicht mehr genutzt, dass jede Oberfläche dick mit Staub bedeckt war.

»Schaut mal!« Theo deutete auf den Boden. »Fußspuren!«

»Dann war vor Kurzem irgendjemand hier drin«, flüsterte Carter.

»Der Portier meinte ja, dass sie den Flügel als Lagerraum verwenden«, erinnerte Ridley ihn.

»Zumindest sind es menschliche Spuren«, sagte Izzy. Als die anderen sie entgeistert anstarrten, zuckte sie mit den Achseln. »Was denn? Wenigstens ist es kein Monster. Oder ein tollwütiger Waschbär.«

»Oder ein Kojote«, ergänzte Olly.

»Oder ein Bär«, fuhr Izzy fort.

»Oder ein Affe«, schlug Carter vor.

Die Nachwuchsmagier räumten einen Weg für Ridleys Rollstuhl frei und drangen weiter vor. Staubpartikel tanzten träge im Licht der schräg einfallenden Sonnenstrahlen. Am anderen Ende des Raumes entdeckten sie noch eine Tür, diesmal allerdings mit einer Kette verschlossen.

Leila drängte sich an den anderen vorbei. »Pff, das ist ein Klacks!«

Sie holte ihr Werkzeug heraus und machte sich an die Arbeit. In Nullkommanichts lagen Kette und Schloss auf dem Boden, und die Magischen Sechs betraten den nächsten Flur. Er war dunkel, voller Schatten und Spinnweben und so muffig, dass sie husten mussten. Zu beiden Seiten reihten sich weitere Türen.

»Hat dein Dad zufällig erwähnt, *wo* in diesem Flügel der Smaragd-Ring sich getroffen hat?«, fragte Theo, als sie ein Treppenhaus erreichten. Die eine Treppe führte in den ersten Stock, die andere runter in einen finsteren Keller.

»Natürlich nicht«, antwortete Leila. »Er verrät nie etwas, es sei denn, es lässt sich absolut nicht vermeiden.«

»Er will uns zu selbstständigem Denken dressieren«, fügte Carter hinzu.

»Dressur ist was für Tiere«, beschwerte Ridley sich. »Er sollte einfach mal mit der Sprache rausrücken.«

»Ich schätze, uns bleibt nichts anderes übrig, als uns noch genauer umzusehen«, meinte Leila. »Olly und Izzy, ihr überprüft die Räume auf dieser Seite des Flurs. Ridley und ich nehmen die andere Seite. Theo und Carter stehen Schmiere.«

»*Wir?*«, riefen die beiden Jungs gleichzeitig aus.

»Es sei denn, ihr habt Angst«, frotzelte Leila.

»Ich kann nur für mich selbst sprechen«, sagte Theo. »Und die Antwort lautet *Ja.* Trotzdem werde ich mich nicht aus der Verantwortung stehlen. Genauso wenig wie Carter.«

Carter schnitt eine Grimasse. »Äh, richtig.«

»Alles klar«, sagte Ridley, »dann treffen wir uns in zehn Minuten wieder hier. Wenn ihr was entdeckt, schreit.«

»Bei einem Geist besonders laut«, ergänzte Leila.

»Dummerchen«, schaltete Izzy sich ein, »die Geister hat Madame Esmeralda doch gestern alle verjagt.« Als niemand etwas erwiderte, fügte sie hinzu: »*Oder etwa nicht?*«

Leila und Ridley öffneten Tür um Tür und spähten in die dunklen Zimmer. Die meisten waren leer. In einigen hing die Tapete in breiten, schlaffen Streifen von der Wand. In anderen stapelten sich Möbel oder zusammengerollte Teppiche. Bis auf die staubigen Fußspuren im Eingangsbereich wirkte alles seit Jahrzehnten unberührt.

Als Leila gerade auf die nächste Tür zutreten wollte, fasste Ridley sie am Arm. »Warte mal! Ich will kurz mit dir reden. Du bist diese Woche irgendwie seltsam. Ich mache mir Sorgen um dich.«

Leila fühlte sich ertappt. »Seltsam? Wie meinst du das?«

Ridley streckte ihr die Hand hin. Leila ergriff sie und fragte sich, welchen Trick ihre Freundin wohl aus dem Ärmel schütteln würde. Kaum hatte Ridley sie losgelas-

sen, entdeckte Leila das Wort *seltsam* in schwarzer Tinte auf ihrer Handfläche.

»*So* meine ich das.« Ridley grinste. »Aber mal im Ernst, ist alles in Ordnung?«

Leila lachte. »Ich habe keine Ahnung, wovon du sprichst.«

»Zuerst dachte ich, es läge daran, dass Bossos Affe mitten in der Nacht bei euch zu Hause eingebrochen ist. Aber eigentlich war schon vorher irgendwas anders. Seit der Sache mit dem gestohlenen Diamanten bist du nicht mehr du selbst.«

Ganz automatisch wanderte Leilas Hand zu ihrem Schlüssel. »Hm, ja, es war ziemlich unheimlich, dass alle meine Lieblingsmenschen in solcher Gefahr geschwebt haben.«

Ridley musterte sie noch einen Moment prüfend, ehe sie nickte. »Na schön. Hauptsache, du weißt, dass ich für dich da bin, wenn du reden willst. Egal, worüber. Wir alle sind für dich da. Die Magischen Sechs.«

»Das weiß ich, Ridley.« Leila schaute ihre Freundin dankbar an. »Das musst du nicht extra erwähnen.«

»Doch«, erwiderte Ridley. »Das Gefühl hatte ich schon.«

Natürlich hatte Ridley recht. Es gab viele Dinge in Leilas Leben, von denen sie nie jemandem erzählt hatte, nicht einmal ihren Vätern. Sie wollte nicht bemitleidet werden. Es war leichter, die alten Erinnerungen wegzuschließen und hinter einem Lächeln zu verbergen.

Die Sache mit dem Lächeln ist nämlich die: Wenn man es nur oft genug tut, macht es einen wirklich glücklicher. Das hatte Leila sehr früh gelernt. Es war einer ihrer besten Tricks.

Ridleys Sorge rührte sie. Wenn sie sich nicht schnell ablenkte, würde sie bestimmt anfangen zu weinen oder ihrer Freundin alles gestehen. Also streckte sie die Hand aus und drehte den Türknauf zum nächsten Zimmer. In der Dunkelheit entdeckte sie gerahmte Poster an der gegenüberliegenden Wand. Die Namen darauf kamen ihr bekannt vor. Sie hatte sie schon in Büchern gelesen und auf den Bildern in Vernons Zauberladen. *Thurston. Kellar. Houdini. Der Allwissende Alexander.*

»Jackpot!« Dicht gefolgt von Ridley eilte sie in den Raum und untersuchte die Poster, die sich als Werbeplakate für längst vergangene Shows im Theater des Berghotels herausstellten. Sie wollte eben einen Vorhang öffnen, um ein wenig Licht ins Zimmer zu lassen, als

Ridley rief: »Halt!« Leila erstarrte. »Nicht, dass uns von draußen jemand sieht. Klar, die Tür war nicht verschlossen, aber der Direktor ist sicher nicht begeistert, dass wir einfach reinmarschiert sind. Ich weiß was Besseres.« Sie hob die rechte Hand und schnippte. »*Es werde Licht!*« Plötzlich schwebte ein paar Zentimeter über ihrem Zeigefinger eine Flamme. Vor Überraschung entschlüpfte Leila ein Quieken, dann klatschte sie Beifall.

Im flackernden Licht von Ridleys Finger fand Leila mehrere in die Wand geritzte Symbole. »Wow«, flüsterte sie und fuhr sie behutsam nach, als könnte sie sie auf diese Weise entschlüsseln. Viele davon waren Farbzeichen normaler Spielkarten: Karo, Kreuz, Herz, Pik. In einige der Herzen allerdings waren Initialen eingekerbt.

»Wenn die vom Smaragd-Ring stammen, wofür stehen dann K und A?«, fragte Leila leise.

»Keine Ahnung«, antwortete Ridley, »aber ein paar davon sind durchgestrichen. Wirklich komisch. Da hat anscheinend jemand eine schmerzhafte Trennung hinter sich.«

Aufmerksam betrachtete Leila die Wand. »Oder jemand hat die Buchstaben eingeritzt und jemand anders hat sie durchgestrichen. Dann ist die erste Person zurückgekommen und hat sie neu eingeritzt, und die zweite hat sie wieder durchgestrichen.«

»Hm. Falls ja, könnte das der Grund sein, warum der Club sich aufgelöst hat. *Liebe.*« Das letzte Wort klang so angewidert, als hätte Ridley einen großen Löffel Kutteleintopf im Mund.

»Meinst du, die Liebe hat sich in Hass verwandelt?« Leila fragte sich, was für eine Rolle ihr Dad bei der ganzen Sache gespielt hatte.

Ridley seufzte. »Liebe muss sich nicht erst in etwas anderes verwandeln, damit Menschen verletzt werden. Zumindest, wenn man den Romanen meiner Mum glaubt. Ich war noch nie verliebt.«

Leila kicherte. »Ich auch nicht.«

Erneut betrachtete sie die Buchstaben und Zeichen und malte sich das Drama aus, das sich in diesem Zimmer zugetragen haben musste. Hatten ihr Dad und Carters Dad hier ihre ersten Zaubertricks einstudiert? Hatten sie darüber diskutiert, wer dem Smaragd-Ring angehören sollte und wer nicht? War dies der Raum, in dem sich der Zauberclub entzweit hatte?

»Guck mal. Diese Symbole sind anders.« Unterhalb des Werbeplakats für einen Auftritt des Allwissenden Alexanders befanden sich weitere Schnitzereien, die detailreicher waren als die simplen Spielkartenfarben. Eine sah aus wie ein Stab, aus dem Blätter wuchsen, die nächste wie ein Stern in einem Kreis. Eine andere stellte einen Kelch dar. Die letzte war halb unter dem Bilderrahmen verborgen.

Als Leila ihn von der Wand nahm, kam ein eingekerbtes Schwert zum Vorschein.

»Die habe ich schon mal gesehen«, sagte Leila.

Auch Ridleys Augen blitzten auf. »Stab, Münze, Kelch und Schwert. Das sind die Farbzeichen von Tarotkarten. Wahrsager lesen damit die Zukunft.«

»Sandra hatte heute Morgen welche dabei«, fiel Leila ein. »Und ich glaube, mein Dad hat ein paar Sätze in sei-

nem Arbeitszimmer. Er benutzt sie nie, aber ihm gefallen die Bilder.«

»Also hat wahrscheinlich Sandra diese Symbole irgendwann eingeritzt«, stellte Ridley fest. »Die Frage ist nur: Warum?«

Leilas Blick fiel auf die Rückseite des gerahmten Plakats, und sie schnappte nach Luft. Schnell drehte sie es um und zeigte Ridley die Buchstaben, die in schwarzer Tinte hinten auf den Karton gekritzelt waren. Ein Satz. *Eine Botschaft.*

Sie übergab Ridley das Plakat und lief zur Tür, um die anderen zu rufen. »Hey! Wir haben was gefunden!« Sofort kamen die vier angerannt.

Als Carter die Zeichen an der Wand bemerkte, sagte er direkt: »Tarotsymbole.« Anschließend erinnerte er sich anscheinend an die Weissagung vom Vormittag, und er schaute Leila an. »War Sandra hier?«

»Vielleicht vor langer Zeit einmal.«

Die Freunde drängten sich dicht um Ridleys Rollstuhl und entzifferten im Licht ihrer Fingerflamme die Botschaft. Theo las sie laut vor: »*Wo Gedanke trifft Tat, der Lohn unser harrt.*«

»Das klingt wie eine Art Schwur«, meinte Leila.

Ridley nickte. »Vielleicht ist es das Motto des Smaragd-Rings?«

»Oder ein Code«, ergänzte Carter.

»Oder ein Rätsel«, schlug Izzy vor.

»Oh, wir sind riesige Rätselfans«, warf Olly ein. »Stimmt's, Izzy?«

»Na, absolut! Hier kommt eins: Wie nennt man eine fahrlässig fahrende Hellseherin?«

»Ich hab's, ich hab's!«, rief Olly. »*Geisterfahrerin.*«

»Falls es wirklich ein Rätsel ist, wollte Sandra damit bestimmt auf irgendwas hinweisen«, schaltete Leila sich wieder ein.

»Oder auf *irgendwen*«, sagte Carter.

»Oder auf *irgendwo*«, fügte Theo hinzu.

»Egal, was – ich wette, es ist immer noch da«, meinte Leila.

»Nach all der Zeit?«, fragte Ridley. »Laut Dean dem Portier gab es doch dieses Feuer.« Sie wackelte mit dem Finger, und die Flamme sprühte Funken. »Und den Wasserschaden.« Ridley bewegte sich in ihrem Stuhl, und ein feiner Sprühnebel schoss aus den Griffen. Erschrocken wichen die anderen zurück. Ridley kicherte. »Und dann die Termiten.« Mit einem Stups ihres Ell-

bogens öffnete sie ein Geheimfach, und heraus sprangen Plastikkäfer aus Vernons Zauberladen. Wieder zuckten alle zusammen.

»Nicht schlecht.« Carter war beeindruckt.

Leila allerdings ließ sich nicht so leicht ablenken. »Es kann ja trotzdem nicht schaden, mal nachzusehen.«

»Auf der anderen Seite des Flurs ist nichts«, sagte Olly.

»Außer ein paar Mausefallen ... von denen wir uns schön ferngehalten haben.« Izzy linste in ihre Westentasche und versicherte sich, dass ihre Maus wohlauf war.

»Ganz am Ende des Flurs waren doch Treppen«, erinnerte Theo sich. »Die eine müsste nach unten in den Keller führen.«

Die Nachwuchsmagier wechselten einen unbehaglichen Blick. Schließlich ergriff Carter das Wort: »Wenn ich eins gelernt habe, dann dass gruselige Orte sich meistens lohnen.«

»Lohnen«, wiederholte Leila. »*Wo Gedanke trifft Tat, der Lohn unser harrt*. Na los: Mir nach!«

SECHZEHN

Theo spähte vom Treppenabsatz in die Dunkelheit. »Seid ihr euch auch wirklich sicher, dass wir das tun wollen?«

»Ihr könnt gern mit mir hier oben warten«, meinte Ridley. »Diese Stufen sind für mich ziemlich schwierig. Ich bleibe lieber erst mal hier.«

»Wir beeilen uns, Ridley. Und wenn da unten was richtig Spannendes ist, holen wir dich nach«, versprach Leila ihr.

»Ich leiste dir Gesellschaft«, sagte Izzy.

Carter zog eine Taschenlampe aus seiner Umhängetasche. »Es gibt noch andere Dinge außer Geistern, vor denen wir auf der Hut sein sollten. Also passt gut auf!« Damit stapfte er voran. Leila, Theo und Olly folgten ihm langsam.

Am Fuß der Treppe ließ Carter den Strahl der Taschenlampe über den staubigen Steinfußboden und die Spinnweben an der Decke schweifen. Leila konnte kaum etwas erkennen. Hinter ihr polterten die anderen die Stufen herunter. Plötzlich waren Theo und Olly links und rechts neben ihr und klammerten sich an ihre Arme. Es war so still, dass sie die beiden atmen hörte. Irgendetwas streifte ihren Knöchel, eine Schnur oder ein dünner Draht. Fast wäre sie gestolpert.

Doch ehe sie es genauer untersuchen konnte, tauchte etwas Großes und Bleiches auf. Leila schnappte nach Luft. Wie aus einem Albtraum entsprungen, kam mit klappernden Armen und Beinen ein menschliches Skelett auf sie zu!

Carter erstarrte, die Lampe in seiner Hand zitterte. Olly und Theo schrien auf, und Leila machte einen Satz zurück. Das Skelett schlackerte noch ein Stück vorwärts, dann fiel es jäh zu einem Haufen Knochen zusammen.

Von oben ertönte Ridleys Stimme: »Alles in Ordnung da unten?«

Carter schlich auf die Knochen zu, die Taschenlampe fest umklammert. Leila schluckte gegen den dicken Kloß in ihrer Kehle an. Sie fürchtete, das Ding könnte wieder aufspringen und sie angreifen. »Drähte«, murmelte Carter und griff nach etwas, das aussah wie Angelschnüre. Sie hingen von einem Deckenbalken und funkelten im Licht.

»Eigenartig«, bemerkte Theo.

Dann entdeckten sie, dass am selben Deckenbalken auch eine Schiene befestigt war. Carter folgte ihr mit der Lampe bis in die hinterste Ecke des Raumes. Als er den

Strahl plötzlich herumschwenkte und Leila aus Versehen blendete, tanzten kleine Blitze vor ihren Augen.

»Hey«, rief Ridley, »ihr jagt uns hier oben ganz schön Angst ein!«

»Keine Sorge«, rief Leila zurück, »wir sind bloß erschrocken, nichts weiter.«

»Ich hole die beiden.« Olly rannte die Treppe hoch.

Carter marschierte unterdessen los, um die Ecke zu untersuchen, aus der das Gerippe gekommen war. Leila lief ihm schnell hinterher.

»Was ist los?«, fragte Ridley, während Olly und Izzy ihr dabei halfen, mit dem Rollstuhl die Stufen zu bewältigen.

»Eine Falle«, erklärte Theo und betrachtete die Schiene. »Mit einem Stolperdraht und einem unechten Skelett. Vermutlich gibt es irgendwo ein verstecktes Flaschenzugsystem. Über die Jahre sind die Drähte durchgerostet, deshalb ist das Skelett abgestürzt.«

»Aber weshalb sollte jemand hier eine Falle aufstellen?« Olly griff in die Tasche, holte seine Maus heraus und vergrub die Nase in ihrem Fell.

Izzy knuffte ihn gegen die Schulter. »Na, um jemanden zu Fall zu bringen.«

Carter lachte. »Nein, um die Leute abzuschrecken. Der Klassiker.«

Ridley schürzte die Lippen. »War das wohl vor oder nach dem Feuer, dem Wasser, dem Schimmel und der Termitenplage?«

»Ich wette, mein Dad könnte das beantworten«, meinte Leila. »Ich frage mich, warum die Leute abgeschreckt werden sollten.«

»Na, wegen des Piratenschatzes«, sagte Izzy. »Den bewachen tanzende Skelette doch normalerweise.«

»Pah, Mineral Wells hat gar keinen Zugang zum Meer«, entgegnete Ridley spöttisch und rollte ruckelnd über den unebenen Steinboden. »Es wäre für die Piraten ein bisschen schwierig gewesen, sich durch die Berge zu uns Landratten durchzuschlagen, oder?«

»Vielleicht wollte der Smaragd-Ring Neugierige von dieser Ecke fernhalten.« Carter untersuchte die Wände und den Boden. Auf den ersten Blick war nichts Besonderes zu erkennen. Die Steine waren glatt und mit altem, bröckeligem Mörtel verfugt.

»Aber beim Zaubern geht es doch um Irreführung«, bemerkte Leila. »Ich glaube kaum, dass Sandra oder die anderen eine Falle aufgestellt hätten, die direkt zu ihrem

Geheimnis führt.« Mit dem Kopf wies sie auf die Schiene an der Decke, den Weg, den das zappelnde Gerippe zurückgelegt hatte. »Da würden sie eher die andere Seite wählen, oder?«

Neugierig leuchtete Carter in die Ecke gegenüber. Überraschenderweise sahen die Bodensteine dort anders aus – sie hatten weiße Markierungen. Schnell eilten die sechs hinüber.

In der Mitte jedes Steines befand sich ein verblichenes Kreidesymbol. »Das sind wieder die Farbzeichen der Tarotkarten«, stieß Leila hervor. »Genau wie oben an der Wand.«

Ridley drängte sich an ihr vorbei, um einen besseren Blick zu bekommen. »Leila hat recht. Schwerter, Kelche, Münzen, Stäbe.« Im Licht der Taschenlampe leuchteten die Symbole beinahe.

»Glaubt ihr, das war Sandra?«, fragte Carter.

»Vielleicht«, antwortete Leila zögerlich.

»Aber warum hier?« Theo unterzog den Boden einer gründlichen Überprüfung. »Was hat das zu bedeuten?«

»Das Rätsel!«, flüsterte Ridley. »*Wo Gedanke trifft Tat, der Lohn unser harrt.*«

»Lohn«, wiederholte Izzy.

»Wir haben es geschafft«, rief Olly triumphierend. »Wir sind reich!«

»Stinkreich!« Izzy legte einen kurzen Stepptanz hin. »Ich kaufe mir ein Pony. Und eins für Illy.«

Olly riss die Augen auf, als die Fantasie mit ihm durchging. »Und ich mir den größten Eisbecher der Welt! Und ein neues Mäusehaus für Ozzy.«

Leila schüttelte den Kopf. »Ihr Quatschköpfe! Erst einmal müssen wir rausfinden, was das alles heißt. Ridley, was weißt du über die Tarotsymbole?«

»Viel zu viel, um mich auf die Schnelle daran zu erinnern ... Mal sehen: Also, die Symbole auf den Steinen entsprechen den Farbzeichen auf normalen Spielkarten. Die Münzen stehen für Karo und bedeuten Reichtum oder Sicherheit. Die Stäbe stehen für Kreuz und bedeuten Tatkraft. Die Kelche stehen für Herz und sind Gefäße, die leer oder voll sein können. Und die Schwerter stehen für Pik und sind scharfe Werkzeuge, die schneiden oder teilen, genau wie unser Verstand, der uns hilft, unsere geheimen Wünsche zu durchdringen.«

Theo schnappte nach Luft und stieß eine Faust in die Luft. »Das ist es!« Er schaute die anderen an. »Ridley hat es selbst gesagt: Die Stäbe stehen für *Taten,* die

Schwerter für unseren Verstand, unsere Gedanken. *Wo Gedanke trifft Tat!*«

»Wir brauchen einen Stein mit einem Stab *und* einem Schwert darauf«, rief Leila.

Carter reichte Ridley die Lampe und machte sich gemeinsam mit dem Rest der Magischen Sechs auf Händen und Knien auf die Suche.

Schon bald hatte Leila einen Stein entdeckt, auf dem sich ein Stab und ein Schwert kreuzten. »Gefunden!«

SIEBZEHN

Die anderen umringten Leila, während sie die Finger in den schmalen Spalt zwischen den Steinen schob und ächzend eine Ecke anhob. Mit einem Ruck glitt der Stein aus seiner Verankerung und gab einen kleinen Hohlraum frei.

»Wahnsinn!«, entfuhr es Carter. Ridley stand vor Staunen der Mund offen. Theo rief: »Ja!«, und die Zwillinge hakten sich unter und legten ein Tänzchen hin.

»Lohn«, flüsterte Leila. Ridley leuchtete mit der Taschenlampe in das Loch. Eine Blechdose und ein Holzkästchen lagen dort dicht nebeneinander. Leila holte beide

heraus. Für sie hatte *Lohn* nicht dieselbe Bedeutung wie für die Zwillinge. Sie hoffte vielmehr, das zu finden, wofür sie hergekommen war: Antworten darauf, wer ihr Dad und seine Freunde früher gewesen waren. Als sie das Holzkästchen auf den Boden stellte, sagte Carter: »Sieht fast so aus wie meins. Das mit den Initialen meines Vaters.«

»Auf dem hier stehen auch Initialen«, bemerkte Theo. »AIS.«

»Wer ist AIS?«, fragte Carter.

»Womöglich dieselbe Person, deren Anfangsbuchstabe oben in die Wand geritzt war«, überlegte Ridley. »Also, *eine* davon: A.«

»Seltsam«, meinte Leila. »Was da wohl drin ist?« Sie wollte das Kästchen öffnen, aber der Deckel bewegte sich nicht.

»Genau wie bei meinem. Ich hab immer noch nicht rausgekriegt, wie es aufgeht«, erklärte Carter.

»Vielleicht hatten alle Mitglieder des Smaragd-Rings solche Kästchen«, vermutete Theo.

»Versuch's doch mal mit der Blechdose«, schlug Ridley vor.

Zu Leilas Überraschung ließ deren Deckel sich problemlos lösen. Sie zog ein vergilbtes Stück Papier heraus,

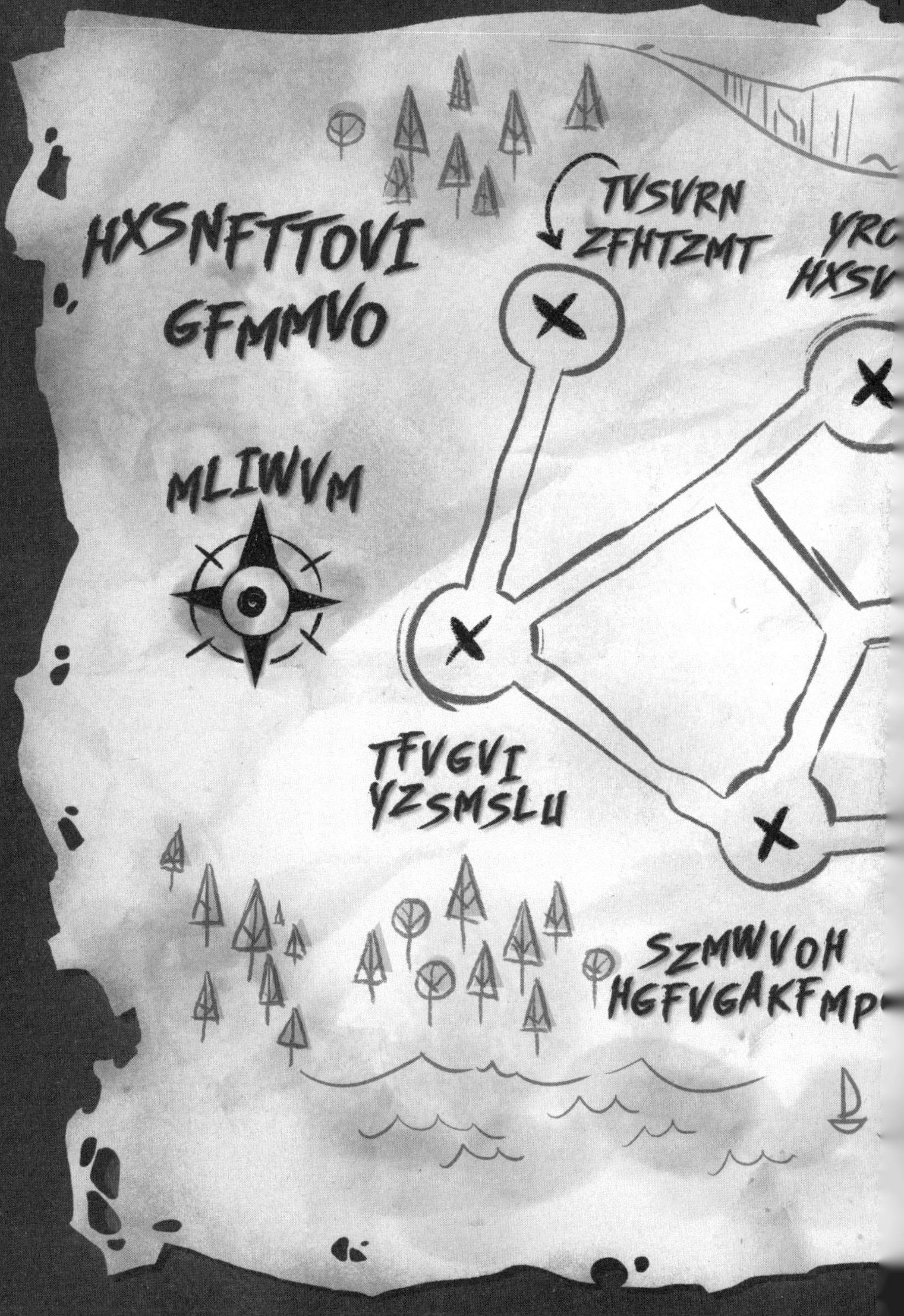
HXSNFTTOVI
GFMMVO
TVSVRN
ZFHTZMT
YRC
HXSV
MLIWVM
TFVGVI
YZSMSLU
SZMWVOH
HGFVGAKFMP

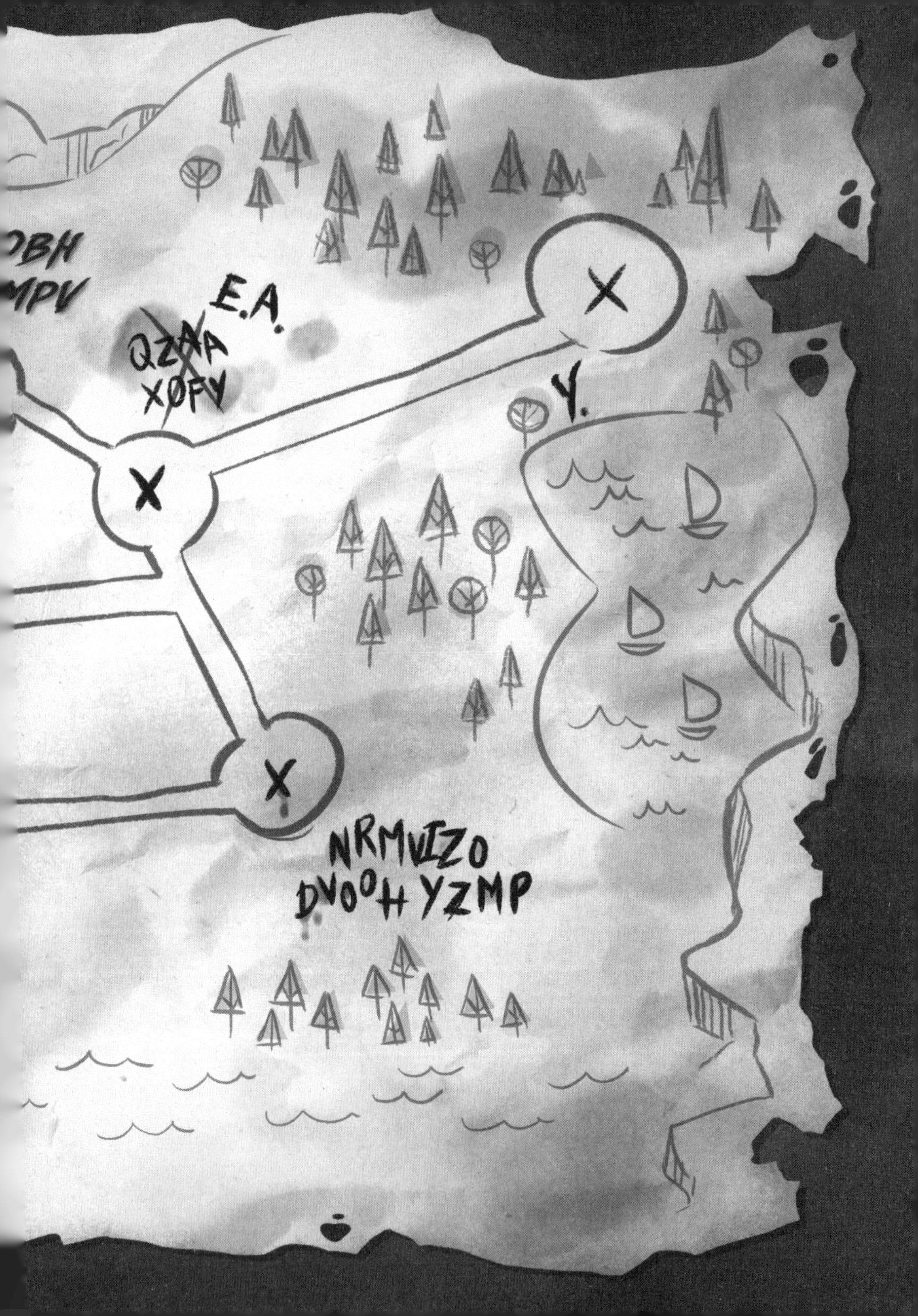
OBH
MPV
E.A.
QZAA
XØFY
Y.
NRMVIZO
DVOOH YZMP

das sie auseinanderfaltete und den anderen zeigte. Grobe schwarze Linien waren darauf eingezeichnet, und einige Stellen waren mit Kreuzen markiert. Daneben prangten merkwürdige Buchstabenkombinationen.

»Sieht aus wie eine Karte – eine ziemlich seltsame Karte«, stellte Leila fest.

»Aber wovon?«, fragte Ridley.

Während sie aus dem Stück Papier schlau zu werden versuchten, unterzog Carter das Holzkästchen einer genaueren Überprüfung. Es glich dem seines Vaters wirklich sehr. Schließlich steckte er es in seine Umhängetasche, um es sicher aufzubewahren.

»Womöglich sind die Buchstaben noch ein Rätsel«, überlegte Theo.

»Oder ein *Code.*« Aus dem Geheimfach ihres Rollstuhls holte Ridley die Münze, die im Zauberladen vor ihr auf den Tisch gefallen war. Zwei Ringe ineinander mit Buchstaben. Jeder Buchstabe im inneren Ring entsprach einem auf dem äußeren. »Vielleicht können wir den Code damit knacken! Wir müssen bloß die Buchstaben durch ihre Gegenstücke ersetzen.«

»Wow«, machte Carter. »Wäre verrückt, wenn das klappt.«

»Stimmt. Aber was haben wir zu verlieren?« Ridley zauberte einen Bleistift hervor und fing an zu dechiffrieren. »Schaut mal.« Sie zeigte den anderen ihr Werk:

Y. = B.   E. A. = V. Z.

»Das ergibt immer noch keinen Sinn«, sagte Theo seufzend.

»Vielleicht sind es wieder nur Anfangsbuchstaben«, meinte Olly.

»B.«, murmelte Izzy nachdenklich. »Berghotel?«

Ridley lachte. »Olly, Izzy, ihr seid genial!«

»Danke«, erwiderte Olly. »Normalerweise kriegen wir nur Komplimente für unser Lächeln. Schön, dass zur Abwechslung mal einer unser Hirn lobt.«

Ridley verdrehte die Augen. »Also, so weit würde ich jetzt nicht gehen. Aber seht ihr? Ich hatte total recht mit den Morsecode-Hausaufgaben. Geheimclubs benutzen nun mal Geheimcodes.«

(Ja, Ridley hatte *absolut* total recht gehabt, und zwar mit allem. Der Code, den unsere Magischen Sechs entdeckt haben, ist die Verschlüsselungsmethode Atbasch. Sie hat eine lange Tradition und wurde bereits von Ge-

heimorganisationen auf der ganzen Welt verwendet. Womöglich bist du auch schon darauf gestoßen. Womöglich sogar in diesem Buch … Hm, aber wo nur? Sollte dir mal der Sinn nach Geheimniskrämerei stehen, könntest du mit Atbasch codierte Nachrichten verschicken, zum Beispiel an deinen kleinen Bruder oder deine kleine Schwester, deine Eltern oder Lehrer. Wer weiß? Vielleicht sind sie schlau genug, um sie zu entziffern.)

»Also ist es tatsächlich eine Karte.« Carter deutete auf das Blatt. Vorsichtig fuhr er mit dem Finger von einem der Kreuze bis zum nächsten und schielte dabei auf die Münze. »Das Berghotel. Und V. Z.« Plötzlich rief er aus: »Vernons Zauberladen!« Dann verdüsterte sich seine Miene wieder. »Aber diese Linien sehen nicht aus wie die Straßen in Mineral Wells.«

Leila zeigte auf die Ecke der Karte. »Was heißt der Buchstabensalat da? Kann ich die Codemünze mal haben?«

Schnell ersetzte sie die Buchstaben, und ihre Augen weiteten sich vor Überraschung. »Das sind auch keine Straßen. Das sind …« Sie las das Wort vor: *»Schmugglertunnel.«*

»Schmugglertunnel?«, fragte Carter.

»Ach, darüber weiß ich was«, meldete Ridley sich zu Wort.

»War ja klar«, zog Theo sie auf.

Ridley warf ihm einen finsteren Blick zu und fuhr fort: »Damals, zur Zeit der Prohibition, waren Herstellung, Transport und Verkauf von Alkohol streng verboten und standen unter Strafe. Also musste er geschmuggelt werden. Und er wurde nur in geheimen Clubs, den sogenannten Flüsterkneipen, ausgeschenkt.«

»Geheime Clubs? So wie unserer?«, fragte Izzy.

»Nicht ganz«, antwortete Theo.

Ridley sprach weiter: »Um die Kisten mit dem Alkohol in die Flüsterkneipen zu bringen, ohne dass die Polizei es bemerkte, haben die Schmuggler oft Geheimgänge gegraben und die Orte durch ein verzweigtes Tunnelsystem miteinander verbunden.«

»Geheimgänge«, murmelte Carter. »Wie das Bücherregal im Zauberladen. Ob Mr Vernons Laden früher mal eine Flüsterkneipe war?«

»Paps hat zumindest was von einem Jazzclub erzählt«, erinnerte Leila ihn.

»Hier muss es auch einen Eingang ins Tunnelsystem geben«, meinte Theo. »Vielleicht sogar ganz in der

Nähe! B. bedeutet doch Berghotel, richtig? Und wenn ich Schmuggler wäre, würde ich den Tunneleingang im Keller verstecken.«

Leila nickte, faltete die Karte zusammen und reichte sie Carter, der sie in die Umhängetasche steckte. »Ich habe das Gefühl, wir sind auf der richtigen Spur. Finden wir den Eingang. Carter, du leuchtest uns hier mit der Taschenlampe, und Ridley fährt mit ihrem Feuerfinger da drüben entlang.«

»Aber lauft nicht wieder in eine Falle«, neckte Ridley sie zwinkernd.

Die Kinder teilten sich auf und machten sich auf die Suche. Bald schon fiel der Strahl von Carters Taschenlampe auf eine große, rostige Tür hinter der Treppe. »Das könnte es sein!« Er stieß mit der Schulter dagegen, aber die Tür bewegte sich nicht.

Ridley kam herübergerollt. »Da ist ein Schlüsselloch. Was ist das für ein komisches Symbol darüber?«

Leila als Schlossexpertin beugte sich vor, begutachtete das Kreuzemblem ... und erstarrte. Es war das gleiche wie auf dem Schlüssel um ihren Hals!

Sie wusste, was sie zu tun hatte, aber sie hatte den anderen nie etwas von ihrem Schlüssel erzählt. Würden

ihre Freunde sauer auf sie sein, weil sie es verschwiegen hatte? Würde sie sauer auf sich selbst sein, wenn sie eins ihrer kostbarsten Geheimnisse enthüllte? Ein Geheimnis, das sie immer daran erinnerte, woher sie kam?

Bevor sie es sich anders überlegen konnte, griff sie in ihren Ausschnitt, zog den Schlüssel hervor und zeigte ihn dem Rest der Magischen Sechs. Alle schnappten nach Luft.

»Woher hast du den denn?«, fragte Carter.

»Den habe ich schon, seit ich denken kann. Ich hatte ihn um den Hals, als ich auf den Stufen von Mutter Margarets Waisenhaus ausgesetzt wurde. Das habe ich noch nie jemandem verraten, nicht einmal Paps oder Dad.« Leilas Magen flatterte, als flögen Hunderte Schmetterlinge darin herum. Sie wartete auf die Reaktionen ihrer Freunde, darauf, dass Ridleys Miene sich verfinsterte und Theo verletzt dreinblickte, weil er erst jetzt davon erfuhr. Stattdessen drängten sich alle näher und umarmten sie fest.

»Danke, dass du es uns erzählt hast«, sagte Carter.

»Guck nach, ob er passt«, rief Ridley ungeduldig.

Hatte Leila sich die ganze Zeit umsonst Sorgen gemacht? Die anderen schauten ihr über die Schulter, während sie den Schlüssel ins Schloss steckte. Er passte

perfekt. Doch als sie versuchte, ihn zu drehen, ließ er sich nicht bewegen. Die Enttäuschung traf sie wie ein Schlag, und sie hatte Mühe, das Zittern in ihrer Stimme in den Griff zu bekommen. »Ich dachte wirklich, es würde funktionieren.«

Ridley knuffte sie in den Arm. »Seit wann lässt Leila Vernon sich von einem sturen Schloss aufhalten?«

Leila riss sich zusammen, holte ihre Glücksdietriche hervor und legte los. Sie schob und stocherte und hakte, aber vergeblich. Dieses Schloss schien komplizierter zu sein als alle anderen. »Wenn ich so weitermache, gehen mir noch meine Dietriche kaputt … Und dann muss ich mir für die Show morgen Abend ein völlig neues Programm ausdenken.«

»Apropos«, sagte Ridley, »wolltest du nicht mit deinem Dad für den Auftritt üben?«

Leila sah auf die Uhr. »O nein, ich komme zu spät!«

»Und ich habe die Nase voll von diesem Keller«, meinte Carter. »Sollen wir für heute Schluss machen?«

Die Freunde waren sich einig, dass sie für einen Tag genug Aufregung gehabt hatten. Schließlich konnten sie jederzeit wiederkommen, um den rätselhaften Schmugglertunneln auf den Grund zu gehen.

Auf dem Weg nach oben fiel Leila Sandras Prophezeiung bei der Willkommensparty wieder ein. *Dieser Schlüssel wird in den nächsten Tagen noch wichtig. Trag ihn immer bei dir.* Ihre Knie gaben nach, und sie musste sich an der Wand abstützen, um nicht zu fallen.

ACHTZEHN

Hinter den Hügeln im Westen ging schon die Sonne unter, als Theo, Ridley und Carter Leila zu ihrem Auftritt im Berghotel begleiteten. Leila versuchte, nicht darüber nachzudenken, dass ihr Dad nicht zusehen konnte. Schließlich waren ja ihr Paps und ihre Freunde dabei. Um ihr Lampenfieber zu lindern, schauten sie kurz in der Küche vorbei, wo der andere Mr Vernon Leila fest umarmte. »Du schlägst dich bestimmt ganz großartig!«

In der Lobby trafen sie Olly und Izzy, und gemeinsam machten sie sich auf den Weg ins Theater. Sie nahmen

den Bühneneingang, stiegen die Treppe hinunter und liefen durch die verschlungenen Gänge unter der Bühne bis zu einem größeren Raum, in dem sich sonst vor den Shows das Orchester warmspielte und der Chor einsang – der perfekte Ort für Leila, um noch ein letztes Mal zu proben. Sie holte tief Luft. »Na, dann los.«

Während sie falsche Knoten knüpfte und sich Kunsthaut auf die Unterarme klebte (um ihre Glücksdietriche darunter zu verstecken), ging sie im Geiste alles durch, was sie im alten, verlassenen Flügel über den Smaragd-Ring herausgefunden hatten. Das Rätsel auf der Rückseite des Plakats war faszinierend gewesen, das Skelett gleichermaßen furchterregend und völlig albern, die Symbole auf den Steinen mysteriös, Kisten, Karte und Code überraschend, die Geheimtür und das störrische Schloss ein bisschen erschütternd. Alles zusammen deutete auf ein Komplott hin, das Leila Bauchschmerzen verursachte. Manchmal erschien es ihr sicherer, *nicht* alle Antworten zu kennen. Aber im Grunde war ihr klar: Den Kopf in den Sand zu stecken, hieße, dass ihr Hintern in die Luft ragen würde. Und dann könnte ihr jeder im Vorbeilaufen einen Tritt verpassen.

Das wäre auch nicht sicherer.

In Gegenwart ihrer Freunde ein letztes Mal die Entfesselungsnummer zu proben, *das* gab ihr Sicherheit.

Es klopfte, und Sandra reckte den Kopf durch die Tür. Sie trug ein bunt gemustertes, bodenlanges Seidenkleid. Ihr Haar war unter einem paillettenbesetzten lilafarbenen Turban verborgen, und ihr Make-up erinnerte an eine Wildkatze.

»Hallo, zusammen. Seid ihr aufgeregt?«

Die anderen nickten. Leila legte so viel Begeisterung wie möglich in ihre Stimme. »Hallöchen!« Sie zuckte zusammen, weil sie so schrill und erschrocken klang.

»Tut mir leid, dass ich erst jetzt vorbeischaue.« Sandra seufzte. »Es war ein hektischer Tag, ständig wollte jemand etwas von mir. Seid ihr bereit?«

»So gut wie«, meinte Ridley.

»Was ist mit Ihnen?«, fragte Theo Sandra.

»Ach, diesen Theaterkram beherrscht eine Lady wie ich doch aus dem Effeff. Ich könnte mit auf dem Rücken gefesselten Händen Gedanken lesen. Ha, vielleicht mache ich genau das.« Plötzlich bemerkte sie Leilas angestrengten Gesichtsausdruck. »Liebes, was ist los?«

»Paps ist da, aber Dad schafft es nicht. Er hat irgendwas Wichtiges im Laden zu tun.«

Sandra sah sie entgeistert an. »Aber er *muss* dabei sein. Es ist dein erster großer Auftritt!«

»Ich weiß«, sagte Leila.

»Ich wollte nicht, dass du dich noch schlechter fühlst, aber …« Sandra schnalzte mit der Zunge. »Ich werde ihn anrufen.«

Sie marschierte zu einem Schreibtisch in der Zimmerecke, auf dem ein schwarzes Telefon mit Wählscheibe stand.

»Im Ernst?«, fragte Leila. »Das würden Sie tun?«

»Natürlich!« Sandra nahm den Hörer ab und wählte die Nummer des Zauberladens. Gespannt lauschten die Magischen Sechs dem Gespräch.

»Dante? Hallo, mein Lieber! … Ja, ja … Ja, wir sind alle im Probenraum. Hör mal, Leila hat mir erzählt … Richtig. Ich muss gestehen, das hätte ich nicht von dir erwartet … Du musst einfach dabei sein, Dante, das solltest du doch einsehen. Nur für ein Weilchen, für deine Tochter … Unsinn! Alles lässt sich irgendwie verschieben.« Sandra verstummte und hörte nur zu. Sie lächelte noch immer, aber das Leuchten in ihren Augen erlosch, und ihr Tonfall wurde leiser, drängender, als versuchte sie verzweifelt, zu Mr Vernon durchzudringen. »Wenn

du es schon nicht für eine alte Freundin tun willst, dann tu es für Leila, Dante, ich bitte dich!«

Leila beobachtete, wie Sandras Lächeln erstarb, und überlegte, was ihr Dad gesagt haben könnte.

Sandra drehte sich zur Wand, sodass die Kinder ihr Gesicht nicht mehr sahen, und flüsterte: »Hör mir zu, Dante, ich flehe dich an. Du hast keine Ahnung, wie wichtig –« Überrascht hielt sie den Hörer vor sich, schaute ihn an, presste ihn wieder ans Ohr. »Hallo? Dante?« Sie drückte mehrmals auf die Gabel des Telefons. Als sie sich endlich zu den Magischen Sechs zurückwandte, hatte sie eine gezwungen fröhliche Miene aufgesetzt. »Wir sind wohl unterbrochen worden. Entschuldige, Leila, er war nicht umzustimmen. Ich habe getan, was in meiner Macht stand.«

»Vielen Dank trotzdem«, sagte Leila. »Es gibt immer ein nächstes Mal.«

»Das nenne ich Kampfgeist«, meinte Sandra, die allmählich zu ihrer üblichen Sicherheit zurückfand. »*Geist*, haha, davon lauert heute Abend hier vermutlich mehr als einer. Ich grüße sie von euch. Jetzt muss ich aber los, ein paar letzte Vorbereitungen treffen.« Sie winkte kurz und schloss die Tür hinter sich.

✶ ✶ ✶

Es klopfte noch einmal, und der Theaterinspizient trat ein. »Du hast heute Abend ein volles Haus. Fünf Minuten bis zum Vorhang, okay?«

»Du zitterst«, sagte Ridley zu Leila.

»Ich bin nervös«, gestand Leila.

»Du schaffst das«, beruhigte Carter sie. »Wenn du auf die Bühne gehst, stell dir einfach vor, du würdest die Show im Zauberladen nur für deine Väter aufführen.«

»Da hat Carter ausnahmsweise mal recht«, meinte Ridley. »Stell dir vor, wie Mr Vernon die Zeit stoppt, während du deinen Zwangsjackenrekord brichst. So kriegst du das Lampenfieber unter Kontrolle.«

Carter drückte Leila den Arm. »Du machst das schon. Und wir sind die ganze Zeit bei dir.«

»Das weiß ich.« Leila lächelte und versuchte, das mulmige Gefühl abzuschütteln. Sie schaute in die Runde. Ihre Freunde erwiderten ihren Blick aufmunternd. »Danke euch allen.« Ihr Hals fühlte sich an, als wäre er mit Sand ausgekleidet, trotzdem fuhr sie fort: »Ich wollte mich noch dafür entschuldigen, dass ich in letzter Zeit so … komisch war.«

»Das brauchst du nicht«, sagte Theo. »Sei einfach du selbst.«

»Aber das ist es ja gerade – eigentlich bin ich ein superfröhlicher Mensch. So wäre ich am liebsten immer. Aber tief in mir brodelt es, und das kann ich nicht mehr verstecken. Dabei wollte ich meine Vergangenheit für mich behalten. Manchmal tut es nämlich weh, sich zu erinnern, und ich will kein Mitleid. Deswegen habe ich euch auch nie von meinem Schlüssel erzählt. Oder den anderen Dingen, die mich hin und wieder nachts wach liegen lassen.« Leila rang nach Luft. »Ich will das Mädchen sein, das ihr kennt und mögt ... Aber manchmal ... manchmal fällt mir das schwer.«

Ridley nahm ihre Hand. »Wir wissen genau, wer du bist, Leila, und wir mögen alles an dir. Auch die Seiten, von denen du glaubst, du hättest sie vor uns geheim halten können.«

Leila kicherte nervös, während ihre Freunde sie umringten und in eine Gruppenumarmung schlossen.

Da rief auch schon der Inspizient vom Ende des Flures: »Kommt ihr, Kinder?«

NEUNZEHN

Die Magischen Sechs stiegen die Treppe hoch. Der Inspizient zeigte ihnen, wo sie sich aufstellen sollten. Auf der anderen Seite der Bühne wartete Sandra mit geschlossenen Augen, als würde sie sich konzentrieren. Leila lugte durch den Vorhang. Das Theater war bis auf den letzten Platz besetzt, vom Orchestergraben bis zur hintersten Reihe der Balkone. Sie hatte ein riesiges Publikum. Mittendrin saßen ihr Paps und einige seiner Kolleginnen und Kollegen, alle in Arbeitskleidung. Bei seinem Anblick wurde sie ganz ruhig. Und als sie in die

Gesichter ihrer Freunde schaute, wusste sie, dass sie es überstehen würde.

Die Lichter gingen aus, der Vorhang schwebte nach oben, und der Inspizient ermutigte sie: »Na los, Kleine.«

»Sagt mich niemand an?«, flüsterte Leila.

»Sag dich einfach selbst an.« Er schob sie auf die Bühne. »Alle werden begeistert sein.«

Ein Scheinwerfer leuchtete auf und blendete sie. Leila hielt sich die Hand vor die Augen, bis ihr klar wurde, dass sie so ihr Gesicht verdeckte. Also ließ sie die Hand wieder sinken.

»Hallo, zusammen!« In ihren Ohren klang ihre Stimme nicht lauter als ein Mäusequieken. Doch dann erinnerte sie sich an das letzte Mal, als sie auf dieser Bühne gestanden hatte. Damals war es um so viel mehr gegangen. Sie hatten Bosso das Handwerk gelegt und ihren Dad gerettet. Als Nächstes dachte Leila daran, wie schwer es gewesen war, ihren Freunden von ihren geheimen Ängsten und Sorgen zu erzählen. Dagegen war dieser Auftritt ein Klacks, den schaffte sie mit links.

»Ich heiße Leila Vernon.« Keine Spur von Zittern mehr in ihrer Stimme. Sie winkte die anderen auf die Bühne. Carter, Theo und die Zwillinge stolperten ins

Rampenlicht, Ridley rollte heraus. »Meine Freunde und ich haben eine Wahnsinnsshow für Sie vorbereitet.«

Das Publikum applaudierte höflich. Ein Zuschauer jedoch jubelte laut: ihr Paps. Leila wurde warm ums Herz. Gleichzeitig wünschte sie, dass ihr Dad dort zusammen mit ihm sitzen und sie anfeuern würde.

»Zunächst ein einfacher Seiltrick.« Sie präsentierte mehrere weiße Seilstücke. Ihre Freunde und sie stellten sich in einer Reihe auf und hielten die Stücke nach oben. Mit einem Ruck schienen sie sich zu verbinden. Das geteilte Seil wurde ganz.

Die Zuschauer schnappten beeindruckt nach Luft. Dass ein paar Kinder zu so etwas fähig waren! Nun zahlte sich das stundenlange Üben aus. Der Beifall ging Leila runter wie Öl. Sie wollte mehr davon.

Laut fuhr sie fort: »Manche Leute meinen, Mädchen wie ich sollten still und folgsam sein, sich immer gut benehmen und nur dann sprechen, wenn sie dazu aufgefordert werden. Diesen Leuten sage ich: Schauen Sie sich jetzt mal genau an, wozu Mädchen wie ich in der Lage sind!«

Beunruhigtes Gemurmel erhob sich und erfüllte Leila mit Vorfreude.

Carter platzierte einen Stuhl in der Mitte der Bühne. Nachdem Leila sich gesetzt hatte, banden Theo und Ridley ihr die Hände im Schoß zusammen. Ein weiteres Seil schlangen sie um ihre Brust und den Stuhlrücken, sodass es aussah, als könnte Leila sich kaum bewegen. Danach drehten ihre Freunde den Stuhl um, damit das Publikum die Knoten im Blick hatte. Ridley ging sogar so weit, an den Fesseln zu zerren, und Leila ächzte gespielt.

Was die Zuschauer nicht wussten: Während Theo und Ridley die Knoten geknüpft hatten, die Leila ihnen beigebracht hatte, hatte sie alle Muskeln angespannt, die Handgelenke weit auseinandergehalten und so tief Luft geholt, wie sie nur konnte.

Um sich zu befreien, musste sie also nur ausatmen und sich entspannen. So wurden die Seile um sie herum locker, und sie konnte sich herauswinden. In Nullkommanichts war es geschafft. Mit den noch verknoteten Seilen in der Hand kletterte sie auf den Stuhl und legte einen kleinen Siegestanz hin.

Die Zuschauer waren begeistert davon. Und von *ihr.* Leila ließ sich von ihrer Energie befeuern. »Danke«, rief sie mit einer Verbeugung, »vielen Dank!«, und riss sich zusammen, damit sie nicht vor Glück loskicherte.

»Und nun: mein großes Finale. So unglaublich und wagemutig, dass Sie sich fragen werden, ob ich den Verstand verloren habe.«

Aus den Kulissen trugen Carter und Theo eine Truhe auf die Bühne, die kaum geräumiger als ein Koffer war. Von der anderen Seite brachten Olly und Izzy Leilas strahlend weiße Zwangsjacke herbei. Die langen Ärmel und Riemen schleiften über den Boden.

Beim Anblick dieser Requisiten wurden die Zuschauer unruhig. Lautes Raunen ging durch die Reihen.

Die Zwillinge zwinkerten Leila zu, als sie ihr in die Zwangsjacke halfen. Sie verschränkte die Arme vor der Brust. *Klick, klick, klick*. Die Schlösser waren an Ort und Stelle, die Jacke saß eng, aber nicht zu eng. Leila wandte sich ans Publikum: »Diesmal brauche ich Ihre Hilfe. Bitte zählen Sie von dreißig rückwärts, sobald der Deckel der Truhe geschlossen ist und ich eingesperrt bin.«

Leila zwängte sich in die Truhe, die Zwillinge klappten den Deckel zu, und das Publikum fing an zu zählen: »Dreißig … neunundzwanzig … achtundzwanzig …«

Die anderen Zauberclubmitglieder heizten die Zuschauer an: »Lauter!«, riefen sie, »sie kann Sie nicht hören!«, und »Na los, Leila!«

»Zwanzig ... neunzehn ... achtzehn ... siebzehn ... sechzehn ... fünfzehn ...«

Leila wand sich im Inneren der Truhe hin und her. Während die Menge zählte, befreite sie methodisch einen Arm, bewegte ihn zum Mund und entfernte die künstliche Haut. Darunter kamen ihre Glücksdietriche zum Vorschein. Mit den Lippen schob sie sie in die freie Hand und bearbeitete dann nacheinander die Schlösser, die die Zwillinge an der Jacke befestigt hatten. In der Truhe war es so eng, dass sie sich kaum rühren konnte, doch nach jahrelangem Training war diese Nummer inzwischen eine ihrer liebsten. Sie führte sie regelmäßig im Zauberladen ihren Vätern vor.

»Elf ... zehn ... neun ...« Noch bevor die Menge »Acht!« rufen konnte, sprang Leila aus der Truhe. Die Zuschauer keuchten überrascht auf. Mit einem lässigen Schulterzucken schlüpfte Leila aus der Zwangsjacke und riss triumphierend die Arme hoch.

Der Jubel war gewaltiger, als sie es sich je erträumt hatte. Ihr Trommelfell bebte, als hätte sie Kastagnetten im Ohr. Mit aller Macht hielt sie die stolzen Freudentränen zurück. Sie breitete die Arme aus und winkte den Rest der Magischen Sechs für eine letzte gemeinsame

Verbeugung herbei. Hoffentlich war dies nur die erste von ganz vielen Shows.

Jenseits des gleißenden Scheinwerferlichts erkannte sie ihren Paps. Sein begeistertes Klatschen und Pfeifen erfüllte sie mit einem Gefühl von Wärme, besser noch als Sonnenstrahlen nach einem Regenguss oder eine Tasse heißer Kakao im Winter.

ZWANZIG

Während die Bühnenhelfer alles für den Star des Abends vorbereiteten, führte der Inspizient die Magischen Sechs zu freien Plätzen in der ersten Reihe. Fremde Leute beglückwünschten Leila und klopften ihr auf die Schulter, ein paar Kinder baten sie sogar um ein Autogramm.

»Gern«, erwiderte sie. »Aber nur, wenn meine Freunde auch unterschreiben.« Strahlend reichten die Nachwuchsmagier Stift und Papier herum.

Bald wurde es wieder dunkel und still im Saal. Madame Esmeraldas Show würde jeden Moment beginnen.

In der Reihe hinter den Freunden unterhielten sich die Leute flüsternd über die Séance vor zwei Tagen.

»Habt ihr das neulich mitbekommen?«

»Furchtbar, diese blitzenden Lichter!«

»Wie sie die Geister beruhigt hat ... sie muss wirklich begnadet sein.«

Eine donnernde Stimme brachte alle zum Schweigen: *»Verehrtes Publikum! Heißen Sie nun gemeinsam mit uns hier auf der Bühne des Berghotels einen ganz besonderen Gast willkommen. Wappnen Sie Ihren Geist, stählen Sie Ihre Nerven für die talentierteste, verblüffendste Hellseherin der Welt ... Madame Esmeralda!«*

Die Bühne erwachte plötzlich mit Lärm, Licht und Rauch zum Leben, und aus dem Nebel erschien das Medium. Ihr strahlendes Lächeln erhellte den Saal. Sie verbeugte sich und breitete voll Dankbarkeit die Arme aus.

Ihre Vorstellung verlief so glatt und glänzend wie das Federkleid eines Raben. Zu Anfang sammelte sie kleine Kärtchen ein, auf denen Freiwillige aus dem Publikum etwas über sich selbst notiert hatten. Nachdem sie ein paar davon durchgelesen hatte, stieg sie von der Bühne und lief durch die Reihen, verfolgt von einem Scheinwerfer, der ihr einen Heiligenschein aus kaltem Licht verlieh.

Zu einer rothaarigen Frau sagte sie: »Ihre Mutter hat für eine Bank im Mittleren Westen gearbeitet.«

Zu einem Krawattenträger: »Ihre Lieblingsfarbe ist Cremeweiß.«

Zu einer Jugendlichen: »Dein zweiter Vorname ist Anna-Rose.«

Und zu einem kleinwüchsigen alten Mann: »Sie sind einmal im Meer vor den Jungferninseln von einem Hai gebissen worden.«

Alle, mit denen Madame Esmeralda sprach, starrten sie wie vom Blitz getroffen an. »Ihren erstaunten Gesichtern entnehme ich, dass ich richtig liege«, rief sie aus. Ein Raunen ging durch die Menge, man tuschelte. »Stimmt's?«

Die Freiwilligen standen auf. »Ja!« Die Zuschauer brachen in überraschten Applaus aus, und die Freiwilligen setzten sich wieder.

»Meine nächste Nummer erfordert eine noch geheimnisvollere Stimmung.« Madame Esmeralda kehrte auf die Bühne zurück und zog eine dünne weiße Kerze aus dem Gewand. Theatralisch entzündete sie ein Streichholz und rief nach oben zu den Technikern: »Licht aus, bitte!« Dunkelheit senkte sich über den Saal.

Der flackernde Kerzenschein warf unheimliche Schatten auf das Gesicht der Hellseherin. »Ihr Ahnen der Menschen in diesem Publikum, ich rufe euch an! Gesellt euch zu uns heute Abend.« Es wurde mucksmäuschenstill im Theater. Madame Esmeralda schloss die Augen und flüsterte: »Ganz leise jetzt.« Mit einem leichten Lächeln fügte sie hinzu: »Erlauben Sie ihnen, Sie zu begrüßen.«

Von überallher ertönten panische Stimmen.

»Irgendetwas hat mich am Hals gestreift!«

»Mich hat was in den Arm gekniffen!«

Jemand stieß einen schrillen Schrei aus. »Es hat kalte Finger!«

»Meine Haare!«

»Mein Fuß!«

Leila sah sich um. Würde einer der Geister sie berühren?

Als die Zuschauer schon kurz davor waren, aufzuspringen und durch die Notausgänge zurück ins Hotel oder hinaus in die Nacht zu fliehen, rief Madame Esmeralda: »Licht an!« Ihre Stimme war fest und beruhigend. »Es gibt keinen Grund, sich zu fürchten. Die Geister kommen nicht aus dem Jenseits in unsere Welt, um uns Böses anzutun. Sie wollen uns nur daran erinnern, dass auch sie

einst hier gelebt haben. Ich werde sie nun bitten, durch mich zu sprechen.« Wieder wurde das Publikum unruhig. »Doch zunächst brauche ich Freiwillige. Wenn ich auf Sie zeige, begeben Sie sich bitte zu mir auf die Bühne.«

Aus den verschiedensten Ecken des Saales wählte Madame Esmeralda sieben Leute aus, die sich in einer Reihe aufstellten und verschreckt ins grelle Scheinwerferlicht

blinzelten: eine untersetzte Frau mittleren Alters in einem türkisblauen Taftkleid, ein schlaksiger Herr mit Anzughose, weißem Hemd und schwarzer Krawatte, ein sehr kleiner Junge in einem Matrosenanzug und ein kaum größeres Mädchen in einem schwarz-weißen Pünktchenkleid. Daneben ein breitschultriger Mann in einem bodenlangen Pelzmantel über einem dunklen An-

zug. (Das kam Leila komisch vor, weil es draußen ziemlich warm war. Vermutlich mochte er die kalte Luft der Klimaanlage im Theater nicht.) Außerdem trug er eine Brille mit kreisrunden Gläsern und einen Bart, der ihm bis zum Mantelkragen reichte.

Ganz am Ende der Reihe stand ein Paar, das sich an den Händen hielt. Das rote Haar der Dame war zu einer Pudelfrisur hochgesteckt. Der Mann war kleiner als sie, und sein Toupet passte nicht zu seinen grauen Schläfen. Beide waren ziemlich bieder gekleidet. Sie trug ein braunes Kleid, er einen braunen Anzug. Die zwei blickten mit großen, hoffnungsvollen Augen zu Madame Esmeralda auf.

Irgendetwas an ihnen kam Leila bekannt vor. Sie durchforstete ihr Gedächtnis. Wo könnte sie die beiden schon einmal gesehen haben? Vielleicht waren sie diese Woche im Zauberladen gewesen. Die Kunden, die Fidibus mit seiner kryptischen Nachricht belästigt hatte? Oder hatte Leila sie früher getroffen, vor langer, langer Zeit?

EINUNDZWANZIG

Madame Esmeralda wandte sich an die sieben Freiwilligen. »Das Ganze wird folgendermaßen ablaufen: Die Geister treten an mich heran und vertrauen mir im Geheimen Informationen an, die ich dann an Sie weitergebe. Falls Sie das Gefühl haben, ich würde über einen geliebten Menschen sprechen, den Sie verloren haben, heben Sie die Hand und lassen es mich wissen, in Ordnung?«

Alle Freiwilligen nickten. Mit geschlossenen Augen begann Madame Esmeralda zu summen: »*Ommmmm.*«

Ein paar Sekunden später presste sie sich einen Finger mitten auf die Stirn, riss die Augen auf und starrte ins Publikum, als würde dort etwas umherschweben. »Ich sehe eine Frau. Sie ist weder groß noch klein und hat langes braunes Haar. Sie trägt eine Schürze. Ich glaube … sie arbeitet in einer Bäckerei. Nein, ihr *gehört* die Bäckerei.« Unter den Zuschauern erhob sich lautes Gemurmel, aber keiner der Freiwilligen meldete sich. »Ihre Spezialität sind … Hörnchen mit Himbeerfüllung. Damit hat sie bei einem Wettbewerb auf dem Jahrmarkt sogar einmal den ersten Platz geholt. Sie ist gütig und hat zwei Töchter … Geboren wurde sie in Osteuropa, sie ist als junges Mädchen in die USA ausgewandert.«

»Das ist meine *Bobe*!« Die untersetzte Dame im türkisfarbenen Kleid ganz links winkte aufgeregt. »Ich bin mir absolut sicher.«

Madame Esmeralda trat auf sie zu und sagte: »Ihre Bobe lässt Ihnen ausrichten, dass sie Sie sehr liebt und vermisst.« Die Frau hob die Finger an die zitternden Lippen. Madame Esmeralda legte ihr beruhigend eine

Hand auf den Arm. »Hören Sie in Ihrem Haus manchmal Vögel zwitschern?«

Die Frau bekam große Augen. »Ja!«

»Das ist ein Zeichen, dass Ihre Großmutter Sie besucht.«

»Unglaublich ... Woher wissen Sie so viel über sie?«

Die Hellseherin lächelte. »Sie hat es mir erzählt. Übrigens sollen Sie einmal hinter die Kommode im Schlafzimmer schauen, dort finden Sie etwas sehr Wertvolles wieder, das Sie verlegt haben. Hat dieser Tipp eine Bedeutung für Sie?«

»Ja! Das muss mein Ehering sein. Oh, tausend Dank, Madame Esmeralda. Ich sehe sofort nach, wenn ich zu Hause bin.«

Die Frau kämpfte mit den Tränen, während sie zu ihrem Platz im Zuschauerraum zurücklief. Das Publikum war gerührt. Madame Esmeralda drehte sich zu den übrigen sechs Freiwilligen, die noch auf der Bühne standen und ihren Blick mit einer Mischung aus Bewunderung und Furcht erwiderten.

Die nächsten zwanzig Minuten lang beschrieb sie die Geister, die zu Besuch im Theater des Berghotels waren. »Ich sehe einen großen, attraktiven Herrn mit silber-

grauem Haar, hellem Teint und einer hohen Stirn.« Oder: »Eine kleine dunkelhäutige Frau mit dichten Locken und dem breitesten Lächeln aller Zeiten.« Reagierte keiner der Freiwilligen, so ergänzte sie weitere Informationen. »Ich spüre, dass der Vorname mit einem F beginnt – oder mit einem P?« Oder: »Die Vorfahren dieser Person stammen aus einem lateinamerikanischen Land … Uruguay vielleicht?« Und dann so etwas wie: »Die Person ist Mechaniker.« Oder: »Sie braucht einen Gehstock.« Oder: »Sie hat recht häufig Blähungen«, eine Bemerkung, die gleichermaßen für Empörung und Gelächter sorgte. Nach und nach gab Madame Esmeralda immer mehr Details über den jeweiligen Geist preis, und an irgendeinem Punkt meldeten sich die dazugehörigen Freiwilligen zu Wort. »Das muss meine verstorbene Frau sein«, rief der Mann in Hemd und Anzughose. »Mein Großvater«, entfuhr es dem Jungen im Matrosenanzug. »Tante Mabel«, quietschte das Mädchen im Pünktchenkleid. Und der Mann im Pelzmantel hauchte: »Mein Cousin Gary.«

Jedes Mal, wenn eine von Sandras Aussagen sich bewahrheitete, bekam Leila eine Gänsehaut. Der Rest der Magischen Sechs allerdings flüsterte unentwegt.

»Ich wette, sie hat im Vorfeld die Lebensgeschichten dieser Leute recherchiert«, meinte Ridley.

»Aber wie?«, fragte Leila. »Die Show wurde so kurzfristig angesetzt.«

»Überlegt mal«, sagte Theo, »sie macht dasselbe wie mit uns bei ihrer Willkommensparty. Zuerst lässt sie nur vage Andeutungen verlauten, bis die Freiwilligen irgendwann eine flüchtige Verbindung zugeben.«

Leila schüttelte den Kopf. »Und was ist mit der Bobe und der Bäckerei? Sandra wusste das alles, und zwar *bevor* die Frau irgendwas gesagt hat.«

»Gutes Argument«, meinte Theo.

»Vielleicht arbeiten die Leute auf der Bühne alle für sie«, warf Carter ein.

»Nein, tun sie *nicht*!« Leila ärgerte sich über sich selbst, weil sie die Diskussion so aufregte.

»Wenn ihr mich fragt, glauben die Leute manchmal Dinge, weil sie *wollen,* dass sie wahr sind«, sagte Ridley.

»Ganz genau«, stimmte Theo ihr zu.

»Aber nur, weil man etwas glaubt, heißt das nicht automatisch, dass es *unwahr* ist«, flüsterte Leila.

In der Reihe hinter ihnen zischte jemand: »Pssssst.« Hastig drehte Leila sich um und entschuldigte sich. Sie

dachte an den Abend auf Bossos Jahrmarkt zurück, als Carter sie alle in Madame Helgas Zelt eingeladen hatte. Die Wahrsagerin hatte ihnen prophezeit: *Allein seid ihr schwach, gemeinsam unbesiegbar.* Mit diesem Satz hatte Ridley ihnen später das Morsen beigebracht. Der Besuch bei Madame Helga hatte die Gruppe zusammengeschweißt und sie im Glauben bestärkt, das Schicksal würde sie aneinanderbinden, auch wenn sie nicht immer einer Meinung waren. Dennoch störte es Leila, dass sie Sandras Fähigkeiten nicht so leicht als Schauspielerei abtun konnte wie Ridley, Carter, Olly, Izzy und Theo.

Die Vorstellung riss alle mit. Sandra war mindestens ebenso talentiert im Hellsehen wie Leila im Entfesseln, das bewiesen die Gesichter der Zuschauer, die ehrfürchtig an den Lippen des Mediums hingen. Und trotz ihrer Zweifel konnte Leila es kaum erwarten, nach der Show mit der alten Freundin ihres Dads zu sprechen und all ihre Tricks zu erfahren.

Mittlerweile stand nur noch das bieder wirkende Paar auf der Bühne. Madame Esmeralda wurde sehr ernst. »Bitte gedulden Sie sich noch einen Moment, liebes Publikum, während ich versuche, mit dem Jenseits zu kommunizieren.« Sie lief zum roten Vorhang an der Rück-

seite der Bühne, neigte den Kopf, als lauschte sie einem weiteren Geist, und wisperte etwas Unhörbares.

Von der ersten Reihe aus versuchte Leila sich im Lippenlesen. Sie hätte schwören können, dass die Hellseherin sagte: »*Das tue ich nicht!*«

Ohne Vorwarnung riss sie sich den Turban vom Kopf und schleuderte ihn von der Bühne. Darunter kamen zwei wirre Zöpfe zum Vorschein, die ihr auf die Schultern fielen. Sie war nicht länger Madame Esmeralda, sondern hatte sich in Sandra zurückverwandelt. Mit wild baumelnden Sternenohrringen starrte sie ins Scheinwerferlicht, die Finger an die Schläfen gepresst.

»Es tut mir leid«, flüsterte sie dem Paar zu. Alle Zuschauer lehnten sich gebannt in ihren Sitzen nach vorn. »Es gibt da etwas, das ich Ihnen erzählen muss, so sehr es mich – und andere – schmerzt.« Die beiden Freiwilligen zuckten zusammen, als könnte Sandra sich jeden Moment auf sie stürzen. »Sie sind heute Abend gekommen, weil Sie auf der Suche nach Antworten sind, habe ich recht?«

Der Mann im braunen Anzug räusperte sich und legte den Arm um seine Frau. Sie nickte, und Sandra fuhr fort: »Dann wird es Sie sicher nicht überraschen, dass Ihre Antworten sich *hier in diesem Raum* befinden.«

Die Frau starrte sie mit offenem Mund an und wischte sich verstohlen eine Träne aus dem Augenwinkel.

»Es geht um Ihre Tochter, nicht wahr?«, fragte Sandra.

»Genau«, antwortete der Mann. »Wir haben sie vor langer Zeit verloren.«

»Wir waren damals noch so jung«, erklärte die Frau. »Wir hatten kaum Geld und konnten ihr kein gutes Leben bieten. Deswegen haben wir schon vor ihrer Geburt beschlossen, sie wegzugeben. Aber dann haben wir sie lächeln sehen und ...« Sie warf ihrem Mann einen Blick zu, als würde sie ihn um Erlaubnis bitten, weitersprechen zu dürfen. Als er nickte, sagte sie: »Wir wollten sie wirklich unbedingt behalten, sie wie eine Prinzessin behandeln, aber das war unmöglich. Mithilfe eines guten Freundes haben wir sie zur Adoption freigegeben. Trotzdem vergeht kein Tag, an dem wir nicht an sie denken. Jede Minute haben wir seither gebangt und gehofft, dass sie es gut hat. Und jetzt ... jetzt möchten wir sie zurück.«

»Das wollten wir schon immer«, fügte der Mann hinzu. »Wir haben hart gearbeitet, um etwas aus uns zu machen, damit wir ihr das Leben ermöglichen können, das sie verdient.«

Die Zuschauer fingen an zu tuscheln. Sie fragten sich, ob das noch zur Show gehörte. Es fühlte sich völlig anders an als der Rest.

Sandra starrte das Paar durchdringend an, als wollte sie ihre Gedanken lesen. Den Zeigefinger auf die Stirn gedrückt, schloss sie die Augen und bat: »Nennen Sie mir Ihre Namen.«

Zögerlich schaute die Frau ihren Mann an und antwortete: »Pammy und Bob Varalika. Wir … wir sind anderthalb Stunden gefahren, nur um Sie zu sehen, Madame Esmeralda.«

»Wissen Sie, wo unser kleines Mädchen ist?« In den Worten des Mannes schwang Verzweiflung mit.

»Ich … ich denke, schon«, stammelte Sandra nervös. »Um genau zu sein, ist Ihre Tochter … sie ist …« Es war, als könnte Sandra es nicht aussprechen. »Sie ist heute Abend hier.«

»*Hier?*«, wiederholte das Paar ungläubig.

Als Sandra darauf den Kopf in Richtung der Magischen Sechs wandte, wusste Leila, dass sie ihren Blick suchte.

»War der Name Ihrer Tochter vielleicht *Leila*?«, fragte Sandra.

Leila hatte das Gefühl, ihr würde der Boden unter den Füßen weggezogen. Wie durch dichten Nebel spürte sie, dass Ridley ihre Hand nahm.

Die Varalikas wurden blass. Pammy sah aus, als würde sie gleich in Ohnmacht fallen, und Bob umklammerte ihre Schultern, um sie zu stützen. »Ja«, meinte er. »Sie hieß wie das Mädchen, das vor Ihnen aufgetreten ist. Die Entfesselungskünstlerin. Aber Sie wollen doch nicht etwa sagen, dass … sie kann doch nicht …« Er folgte Sandras Blick zur ersten Reihe. Lautes Raunen erfüllte den Saal, das Publikum war außer sich.

Traurig streckte Sandra die Hand aus. Ihre Finger zitterten. »Meine liebe Leila«, flüsterte sie, »komm auf die Bühne und lerne deine leiblichen Eltern kennen.«

ZWEIUND-ZWANZIG

Leila schaffte es nicht allein. Unter dem unsicheren Applaus des Publikums, das genauso verwirrt zu sein schien wie sie, halfen Carter und Theo ihr die seitlichen Stufen hinauf. Aus dem Augenwinkel bemerkte sie, wie ihr Paps sich einen Weg zur Bühne bahnte. Auf seinem Gesicht lag eine Mischung aus Schock und Schmerz, die sie noch nie gesehen hatte. Dagegen würde auch kein noch so gutes Essen helfen, so viel war klar.

»Verehrtes Publikum, es war mir eine Freude, heute Abend meine Gabe mit Ihnen zu teilen«, verkündete Sandra laut. »Doch nun sollten wir dieser frisch zusammengeführten Familie ein wenig Privatsphäre gönnen. Kommen Sie gut nach Hause.«

Damit senkte sich der schwere Samtvorhang herab, setzte mit einem dumpfen *Rums* auf dem Bühnenboden auf und versperrte den Zuschauern die Sicht. Der vereinzelte Beifall ebbte ab und verwandelte sich in aufgeregtes Stimmengewirr, das Summen Hunderter Menschen, die gleichzeitig redeten. Diese Neuigkeit würde sich bestimmt schneller in der Stadt verbreiten, als Leila ein Schloss knacken konnte.

Die Varalikas standen neben Sandra, die die Hände nach Leila ausstreckte. Leila bewältigte die letzten Schritte und ließ sich in ihre Arme fallen. Sandra drückte sie ganz fest und sagte leise: »Es ist ein Wunder. Deine Eltern … Deine *richtigen* Eltern haben dich endlich gefunden.« Leila brachte keinen Ton heraus. Sie wusste genau, wer ihre Eltern waren, und zwar nicht die Leute auf dieser Bühne. Um das zu begreifen, musste sie keine Hellseherin sein. Carter und Theo hielten sich etwas abseits in der Nähe der Treppe. Sie wollten sich nicht

aufdrängen, doch Leila wünschte, sie würden es tun. Eine namenlose Furcht machte sie benommen.

Der geschlossene Vorhang bot zumindest ein bisschen Sichtschutz. Die Bühnenhelfer drückten sich in den Kulissen herum und gaben vor, nicht jedes Wort zu belauschen.

Sandra stellte alle einander vor. Mit feucht schimmernden Augen und offenen Mündern starrten die Varalikas Leila an, als wäre sie ein Einhorn. Sie konnte ihnen kaum ins Gesicht sehen. Vor langer Zeit hatte sie sich geschworen, nicht mehr über ihre Herkunft nachzugrübeln. Nun war das Thema mit voller Wucht zurückgekehrt.

Die Erwachsenen redeten auf sie ein, stellten Fragen, aber keine davon drang zu ihr durch. Sie hörte nur ihren eigenen Herzschlag, der ihr in den Ohren dröhnte. Sie hatte keinen Schimmer, was sie denken oder tun sollte. Vor ihren Augen schlossen sich Schranktüren, während ihr die Schnürsenkel in die Haut schnitten, mit denen die fiesen Mädchen in Mutter Margarets Waisenhaus ihr die Hände gefesselt hatten. Ihr Instinkt riet ihr wegzurennen, alle zurückzulassen und sich selbst zu retten. Sie hatte schon früh gelernt, sich zu befreien, aber ganz verschwinden wollte sie normalerweise nicht.

Plötzlich vernahm sie eine vertraute Stimme. »Leila!« Zielstrebig marschierte ihr Paps auf sie zu. Seine schweren Schritte brachten den Bühnenboden zum Beben. Gleich darauf lag sie in seinen warmen Armen. Als er sie losließ, stellte er sich schützend vor sie und fragte die beiden Fremden: »Wer sind Sie?«

»Ich bin Professorin«, erwiderte Mrs Varalika.

»Und ich arbeite bei einer Bank«, sagte Mr Varalika. Dann wandten sie sich Leila zu. »Und das ist – hoffentlich – unsere Tochter. Darf ich dich etwas fragen? Ist dein Geburtstag am zwölften Februar?«

»Du musst nicht antworten, Leila«, meinte ihr Paps und schaute sie fest an. »Du darfst natürlich, wenn du möchtest, aber du musst nicht. Egal, wie du dich entscheidest, ich bin für dich da.« Beruhigend drückte er ihr die Hand.

Nach einer Ewigkeit nickte Leila schließlich. »Ja, ist er. Zumindest laut der Karte im Körbchen, in dem Mutter Margaret mich gefunden hat.« Die Augen des Ehepaars füllten sich mit Tränen.

»Hast du noch die beiden Sommersprossen auf dem Knöchel, die wie Eulenaugen aussehen?«, fragte Mrs Varalika. Leilas Haut prickelte. Sie hob den Hosensaum,

um der Frau zu zeigen, dass sie recht hatte. »Sie ist es wirklich«, wisperte Mrs Varalika ihrem Mann zu. »Unsere Tochter! Ich kann es kaum glauben.«

»Da geht es Ihnen wie mir«, knurrte Leilas Paps und fixierte Sandra und die Varalikas finster. »Ich will ja nicht unhöflich sein, aber Sie müssen verstehen … Das ist ziemlich viel auf einmal. Leila ist *meine* Tochter, und ich …«

Sandra senkte den Blick. Die Mienen der Varalikas schwankten zwischen Sorge und Verwirrung. Mr Varalika flüsterte: »Selbstverständlich. Die Situation ist völlig verrückt. Aber wir würden uns gern mit Leila zusammensetzen und einfach nur reden. Wäre das in Ordnung?«

»Ich … Das weiß ich nicht, offen gestanden.« Der andere Mr Vernon musterte Leila. Sie war kurz davor, in Tränen auszubrechen, und hatte das Gefühl, sie könnte jeden Moment platzen. Ihr Paps ahnte, wie es in ihr aussah, und sagte zu den Varalikas: »Vielleicht ein andermal. Jetzt bringe ich meine Tochter erst einmal nach Hause. Entschuldigen Sie uns.«

Er nahm Leila an der Hand und führte sie die Treppe hinunter. Über die Schulter warf sie den Varalikas einen

letzten Blick zu. Die Frau hob traurig die Hand zum Abschied, und ein Phantomschmerz brannte in Leilas Brust, direkt unter dem Schlüssel.

Der Rest der Magischen Sechs folgte Leila und ihrem Vater in die Küche. Von dort aus rief der andere Mr Vernon seinen Mann an und berichtete mit stockender Stimme, was sich ereignet hatte. Damit die Kinder nicht alles hörten, schirmte er Hörer und Mund mit der Hand ab. Während die beiden Mr Vernons telefonierten, saßen die jungen Zauberer um eine der Kücheninseln herum.

Ridley fasste sich als Erste ein Herz. »Was sollte das gerade?«, fragte sie Leila. »War das Teil der Show?«

Leila brachte keinen Ton heraus.

»Klar war es das«, sagte Izzy.

»Jede Show braucht ein bisschen Drama«, fügte Olly hinzu. »Oder, wie in diesem Fall, *sehr viel davon.*«

Izzy boxte ihrem Bruder in den Oberarm. »Kannst du nicht einfach mal die Klappe halten, Herr von und zu Unsensibel?«

Carter ergriff Leilas schlaffe Hand, und Theo legte ihr den Arm um die Schultern, als könnten die Berührungen sie zu einer Antwort bewegen.

Ridley umarmte sie. »Alles wird gut.«

»Ach ja?«, entgegnete Leila heftig. »Und woher willst du das wissen?«

Die anderen schauten sie erschrocken an. Doch Leila war zu aufgewühlt und verwirrt, um sich zu entschuldigen.

»Wir sind für dich da«, versprach Ridley ihr.

Leila blinzelte. »Ich hoffe bloß, dass ich dann auch noch *da* bin.«

»Na sicher«, erwiderte Theo. »Wo solltest du denn sonst sein?«

»Bei *denen.*« Mit einem Kopfnicken deutete Leila in Richtung Theatersaal, als würden die Varalikas dort leben.

»Das können sie nicht machen«, rief Carter. »Die Vernons haben dich adoptiert. *Wir* sind deine Familie!«

»Ich weiß das. Aber die Varalikas?«

»Und Sandra?«, fragte Ridley.

»Natürlich«, antwortete Leila. »Sie ist eine der ältesten Freundinnen meines Dads. Was da auf der Bühne passiert ist, trifft sie genauso wie uns. Sie wollte es erst gar nicht preisgeben, aber sie musste die Wahrheit sagen.«

Ridley musterte sie einen Moment prüfend. »Du hast bestimmt recht.« Aber wirklich überzeugt sah sie nicht aus.

✶ ✶ ✶

Zusammen mit Carter und ihrem Paps kehrte Leila in die Wohnung über dem Zauberladen zurück. Ihr Dad umarmte sie zur Begrüßung heftiger denn je. »Ach, mein Schatz ...«

Leila begann zu zittern. Einen Moment lang war sie sich nicht sicher, wer von ihnen weinte, bis ihr die Antwort klar wurde: beide. Sie ließ alles raus, all die Angst, all die Wut. Die Tränen strömten ihr über die Wangen und durchnässten den Frack ihres Dads. Irgendwann wurde ihr Atem ruhiger, und sie erreichte nach der emotionalen Achterbahnfahrt wieder festen Boden. Ihr Dad fragte: »Geht es dir gut?«

Ihr erster Impuls war, zu lächeln und sich die Tränen wegzuwischen, aber sie wollte ihn nicht anlügen. »Ich bin froh, zu Hause zu sein«, sagte sie deshalb.

Das Telefon klingelte. Niemand rührte sich. Doch das Klingeln hörte nicht auf. Das lästige, blecherne Geräusch klang wie ein Alarm. Am Ende hob Mr Vernon ab. »Ja, was gibt es?« Sogleich färbte sich sein Gesicht krebsrot. »Ach, haben Sie das? Morgen Vormittag? Nein, das passt uns nicht ... Na schön, wenn es sein

muss. Dann haben wir vermutlich keine Wahl. Wir werden dort sein.«

»Was ist los?«, fragte der andere Mr Vernon. »Wer war das?«

Mr Vernon musterte Leila und Carter zögernd, so als wollte er es vor ihnen nicht verraten, aber schließlich erzählte er es einfach. »Dieses Ehepaar, die Varalikas, haben ein Zimmer im Berghotel gebucht und sich mit einem Anwalt hier vor Ort in Verbindung gesetzt. Den hatte ich gerade am Telefon. Er verlangt ein Treffen mit uns. Mit uns allen. Und zwar morgen Vormittag in seinem Büro.«

»Warum das?«, fragte Leila. »Wollen sie mich euch wegnehmen?«

Der besorgte Blick, den ihre beiden Väter wechselten, entging ihr nicht. »Natürlich nicht«, beschwichtigte Mr Vernon sie. »Sie wollen bloß mit uns reden, mehr nicht.«

* * *

Wieder einmal lag Leila lange wach, starrte an die Decke und versuchte, die Tränen zurückzuhalten. Dabei umklammerte sie den Schlüssel um ihren Hals so fest, als

könnte er etwas in ihr aufschließen, die Tür zu einem Geheimnis, das sie aus längst vergessenen Gründen weggesperrt hatte. Es kam ihr vor, als wäre die Nacht des Affeneinbruchs schon Ewigkeiten her. War das Tier noch immer irgendwo da draußen? Beobachtete es sie womöglich in genau diesem Moment?

Heute wurde sie nicht von den Geistern der Vergangenheit heimgesucht. Kein Waisenhaus, keine dunklen Schränke, keine fiesen Mädchen, die ihr die Arme fesselten. Stattdessen plagte sie die Sorge um eine ungewisse Zukunft. Eine Zukunft, in der sie diesen Ort, die Menschen, die sie liebte, vielleicht verlassen musste, um dem fremden Ehepaar auf einem nebligen und tückischen Pfad zu folgen.

Es klopfte an die Wand, ein Pochen und Streichen in einem merkwürdigen, aber bedeutsamen Rhythmus. Carter schlief auch noch nicht und schickte ihr eine Nachricht.

·· –·–· ····/–··· ·· –·/··–· ··– · ·–·/
–·· ·· –·–· ····/–·· ·–

Dankbar für die Ablenkung versuchte Leila, den Morsecode im Kopf in Wörter umzuwandeln. Als sie es ge-

schafft hatte, lächelte sie. Sie dachte eine Weile nach, um dann mit Knöcheln und Fingerspitzen ihre Antwort zu morsen:

··– –· –··/·· –·–· ····/··–· ··– · ·–·/

–·· ·· –·–· ····

WIE MAN …

· ·· –· · –·/ ·–· ·· –· ––·/ ··– ––– –·/
· ·· –· · ·–·/ ··· –·–· ···· –· ··– ·–·/
–··· · ··–· ·–· · ·· –

Ach, entschuldige bitte! Nach dem letzten Kapitel war ich so drin, dass ich einfach weitergemorst habe. Falls du das Morsealphabet noch nicht beherrschst, solltest du mal am Ende dieses Buches nachsehen …

Nun denn, eine neue Nacht, eine neue Lektion.

Bist du bereit? Gut. Dann lass uns einen von Leilas Entfesselungstricks lernen. Los geht's!

DU BRAUCHST:

- Ein langärmeliges Oberteil
- Ein Stück Schnur oder ein dünnes Seil
  (Ein Schnürsenkel tut es zur Not auch.)
- Ein Blatt Papier

- Eine Schere (Erinnerst du dich daran, was ich über Erwachsene und scharfe Gegenstände gesagt habe? Sie gehören zusammen wie Brot und Marmelade. Anders ausgedrückt: Einer sollte in der Nähe sein, nur zur Sicherheit.)
- Ein dunkles Stofftaschentuch oder kleines Handtuch

VORBEREITUNG:

Schneide zwei vollkommen gleiche Ringe aus dem Papier aus. Sie sollten mindestens so groß sein, dass du die Schnur durch die Mitte ziehen kannst, aber höchstens ein paar Zentimeter breit. Wenn du schon dabei bist, kannst du eigentlich direkt ein paar mehr ausschneiden, zum *Üben, Üben und nochmals Üben*. Für den Trick selbst brauchst du allerdings nur zwei.

GEHEIMER MAGIERKNIFF:

Bevor dein Publikum da ist, verstecke einen Ring in deinem Ärmel.

SO GEHT'S:

1. Wähle einen Freiwilligen oder eine Freiwillige aus dem Publikum.

2. Fädele den Papierring auf die Schnur auf. Bitte die Person aus dem Publikum, die Schnur an beiden Enden zu greifen und für alle gut sichtbar festzuhalten.

3. Erkläre, dass du den Ring von der Schnur befreien wirst, ohne den Ring, die Schnur, das Tuch oder die Finger deines Assistenten oder deiner Assistentin zu beschädigen, und zwar innerhalb von zehn Sekunden.

10... 9... 8...

4. Verhülle die Schnur (und den Ring) mit dem Tuch und zähle zurück. ZEHN, NEUN, ACHT und so weiter. Schiebe die Hände unters Tuch.

GEHEIMER MAGIERKNIFF:

Reiße vorsichtig den Papierring von der Schnur und verbirg ihn in deinem leeren Ärmel. Dann hole den versteckten Ring aus dem anderen Ärmel.

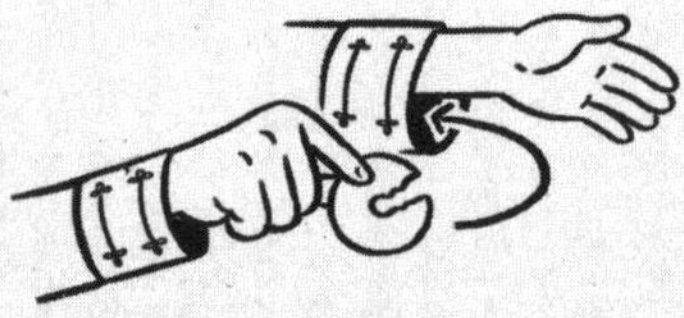

5. Wenn du bei EINS angekommen bist, ziehe den völlig unbeschädigten Ring unter dem Tuch hervor. *Huch – was …?*

6. Lüfte mit der anderen Hand das Tuch und zeige dem Publikum, dass die Schnur heil geblieben ist und der oder die Freiwillige die Enden nie losgelassen hat. *Juhu!*

7. Verbeuge dich.

DREIUND-ZWANZIG

Der nächste Morgen war wunderschön, der Himmel strahlte blau. Als Leila, Carter und die beiden Mr Vernons beim Büro des Anwalts ankamen, stand die Sonne bereits hoch über dem Tal und erwärmte die sich hindurchschlängelnden Bäche und Flüsse.

Das zweistöckige Gebäude hatte eine Klinkerfassade. Die umliegenden Grundstücke waren unbebaut und mit dichtem Gestrüpp überzogen. In der Ferne war das Horn

eines Zuges zu hören, und die Bäume wiegten sich im Wind. Der Name des Anwalts schien erst vor Kurzem an die Tür gepinselt worden zu sein, was Mr Vernon mit einer hochgezogenen Augenbraue bedachte.

Der andere Mr Vernon öffnete die Tür. Sie betraten einen sehr langen Raum, an dessen Ende ein Schreibtisch und einige Stühle standen. Ganz links saßen Mr und Mrs Varalika und zitterten förmlich vor Nervosität. Als sich die Vernons mit den Kindern näherten, sprangen sie auf.

Hinter dem Schreibtisch saß ein großer Mann in einem steifen grauen Anzug, das blonde Haar straff zurückgekämmt. Seine Hakennase erinnerte Leila an den Schnabel eines Adlers oder eines anderen Raubvogels. »Sie müssen die Vernons sein.« Der Mann erhob sich und streckte ihnen die Hand hin. Nur Mr Vernon schüttelte sie, und das widerstrebend.

»Sammy Falsk, Rechtsanwalt, sehr erfreut«, fuhr der Mann fort. Sein abschätziger Blick traf Leila. Sie erschauderte beim Anblick seiner gelben Zähne. »Und diese junge Dame ist bestimmt Leila. Die Varalikas haben mir die missliche Lage, in der Sie sich alle befinden, bereits geschildert. Bitte nehmen Sie doch Platz.«

In der Nähe des Eingangs war ein Geräusch zu hören. Leila drehte sich um und entdeckte einen zweiten Schreibtisch, an dem ein weiterer Mann saß und arbeitete – ein gedrungener Mann mit einem dichten schwarzen Schnurrbart und einer Melone auf dem Kopf, der wohl Sammy Falsks Partner oder Kollege war. Er beachtete sie gar nicht, sondern tippte unentwegt auf einer alten Schreibmaschine.

Der andere Mr Vernon ließ sich auf einen harten Stuhl fallen und beäugte das größtenteils leere Zimmer misstrauisch. »Sind Sie gerade erst eingezogen?«, fragte er.

»Ja, genau. Ich bin neu in der Stadt. Hübsches Örtchen«, antwortete Falsk.

Auch Leila setzte sich und suchte in den Gesichtern der Varalikas nach Merkmalen, die ihr von ihrem Spiegelbild vertraut waren. Die Nasenlöcher der Frau kamen ihr vage bekannt vor, und die Ohrläppchen des Mannes waren angewachsen, so wie ihre eigenen. Aber das war's auch schon. Die Nasenlöcher der leiblichen Mutter und die Ohrläppchen des leiblichen Vaters. Natürlich waren nicht alle Kinder Ebenbilder ihrer Eltern, doch Leilas genetische Verbindung zu den Varalikas schien besonders gering zu sein. Tröstlich war das nicht.

Sie hatte ihren kompletten Auftritt überstanden, ohne vor Lampenfieber zu erstarren, aber wenn ihr jetzt jemand eine Frage stellen würde, käme ihr wahrscheinlich kein Wort über die Lippen. Sie fühlte sich in einer Falle gefangen, aus der nicht einmal sie sich befreien konnte. Carter warf ihr einen Blick zu und zwinkerte. Das half ein wenig. *Wie gut, dass er da ist*, dachte sie.

Sammy Falsk setzte sich wieder und begann mit monotoner Stimme zu sprechen: »Solange ich denken kann – und das ist schon *sehr* lange – bin ich bereits Experte im Familienrecht. In meinem ersten Fall wollte ein Paar, das bei einer Expedition verschollen war, das Sorgerecht für sein Kind zurück …«

Leilas Gedanken schweiften ab. Was sollte sie nur tun, wenn man sie zwang, bei diesen fremden Leuten zu leben? Wie sehr würde sich das Zuhause einer Professorin und eines Bankkaufmanns von einer Wohnung über einem echten Zauberladen unterscheiden?

Der Anwalt schwadronierte munter weiter: »… woraufhin ich zusammen mit meiner dritten Frau, Francesca Domingue De Louisa Maria Bruschetta Marzipan, einen wunderschönen Urlaub in Madrid verbrachte. Aufgewachsen ist sie übrigens im Süden von …«

Leila versuchte, der Geschichte zu folgen, aber sie war so unzusammenhängend, dass es ihr einfach nicht gelingen wollte. Als sie sich im trostlosen Büro umsah, fiel ihr Blick erneut auf den Mann neben der Tür. Er summte eine Melodie vor sich hin. Das kam Leila irgendwie merkwürdig vor, schließlich wurde hier gerade eine ernste Sache besprochen. Alles war mit einer dicken

Staubschicht bedeckt, und das Licht, das durch die mit Zeitungspapier verhangenen Fenster hereinsickerte, hatte einen trägen Bernsteinton. Ihre Väter lauschten dem Anwalt höflich, aber mit gerunzelten Brauen und verkniffenen Mündern, die Hände im Schoß gefaltet. Die Varalikas hingegen lächelten unentwegt.

Der Anwalt schwafelte und schwafelte: »Was mich zurück zum ursprünglichen Punkt bringt: Einer Hauskatze kann man nicht trauen.«

An dieser Stelle wurde es Mr Vernon zu bunt. »Tut mir leid, wenn ich Sie unterbrechen muss, aber wären Sie so freundlich, zur Sache zu kommen?«

Falsk beugte sich vor. »Sache? Ach ja, richtig.« Auf seinem Schreibtisch lag eine Mappe, die er nun durchblätterte. »Ich habe hier eine Geburtsurkunde mit allen erforderlichen Namen und Daten. Pammy, Bob, Leila. Die Varalikas. Alles amtlich.«

Der Mann neben der Tür summte noch immer. Leila erkannte die alte Volksweise *Oh my darling, Clementine*. Sie hatte das Gefühl, als würden ihr fremde Fingernägel über den Rücken kratzen.

Mr Vernon streckte die Hand nach der Urkunde aus. »Das würde ich mir gern ansehen, wenn ich darf.« Als

Sammy Falsk ihm das Dokument reichte, erschien plötzlich ein schwarzer Fleck in der Mitte, der sich rasch ausbreitete, bis das Papier fast komplett schwarz war. Einen ähnlichen Trick hatte Mr Vernon schon einmal mithilfe eines in der Hand verborgenen Stempelkissens im Zauberladen vorgeführt, erinnerte Leila sich. Mrs Varalika kreischte auf.

»Ach, du liebe Zeit«, meinte Mr Vernon mit einem Schulterzucken. »Das tut mir aber leid. Mein Fehler. Ich hoffe, Sie haben noch eine Kopie?«

»Wie der Zufall es so will, ja.« Mit zornesrotem Gesicht holte der Anwalt daraufhin ein zweites Blatt aus der Mappe. »Allerdings muss ich diesmal auf mehr Vorsicht bestehen. Sie dürfen sie ansehen, aber nicht *anfassen.*«

Leila brachte es nicht über sich, einen genaueren Blick auf die Urkunde zu werfen. Carter drückte ihr die Hand, als würde er ihr Unbehagen spüren. Sie seufzte. Der andere Mr Vernon stand auf und beugte sich über den Schreibtisch. »Die wirkt ziemlich echt.«

Mr Vernon legte ihm die Hand auf den Rücken. »Jeder Zauberer weiß, dass *ziemlich echt* nicht zwangsläufig *tatsächlich echt* heißen muss, Liebling.«

Das Gesumme dauerte an. *Oh my darling, oh my darling ...* Es schien auch Carter zu irritieren.

»Was genau versprechen Sie sich von diesem Treffen?«, fragte Mr Vernon die Varalikas.

»Ist das nicht offensichtlich?«, fragte Pammy zurück. »Wir wollen unsere Kleine mit nach Hause nehmen.«

Leila wich alles Blut aus den Wangen. Das Zimmer begann sich zu drehen, sie musste sich an der Stuhlkante festhalten, um nicht umzukippen. Der andere Mr Vernon umklammerte ihren Arm, und auch Carter ließ ihre Hand nicht los.

»Ein interessantes Anliegen«, bemerkte Mr Vernon mit einem feinen Lächeln.

Warum wirkte er so fröhlich? Nein, nicht fröhlich. Seine Augen glitzerten irgendwie ... spitzbübisch? Zuversichtlich? Egal, Leila hätte gern etwas davon abgehabt. Alles war besser als die Hilflosigkeit, die ihr den Brustkorb zuschnürte.

»Wir verstehen selbstverständlich, dass diese Umstellung nicht leicht wird«, ergriff der Anwalt wieder das Wort. »Ich würde allerdings schon heute gern eine Art Abkommen aushandeln, das es Leila erlaubt, Zeit mit den Varalikas zu verbringen. Um sie kennenzulernen.

Langsam, in Ruhe. Wir möchten ihr auf keinen Fall eine allzu plötzliche Veränderung aufzwingen.«

Mr Vernon nickte. »Natürlich nicht. Plötzliche Veränderungen sind die schlimmsten. Wie zum Beispiel nach Ewigkeiten *plötzlich* hier aufzutauchen und von einem kleinen Mädchen zu verlangen, sein gesamtes Leben umzukrempeln.«

»Dante, bitte«, meinte der andere Mr Vernon leise und wandte sich an Leila. »Es ist allein deine Entscheidung. Weder dein Dad noch ich können sie für dich treffen. Aber wir unterstützen dich, egal, wie sie ausfällt. Willst du die Varalikas denn kennenlernen?«

»Ich … ich weiß nicht.« Leila wartete auf eine Eingebung, eine Stimme, die ihr sagte, was sie fühlen sollte. Im Moment war alles eine wilde Mischung aus Angst, Wut, Verwirrung, Donner, Blitz und Wirbelstürmen. Ihre Wangen brannten. Sie tastete nach dem Schlüssel unter ihrem Oberteil, um sich zu beruhigen.

Da bemerkte sie, dass Carter ihre Hand inzwischen anders drückte als vorher. Sie warf ihm einen Blick zu, doch er schaute absichtlich nicht sie, sondern den summenden Anwalt an. Jäh wurde ihr klar, was er da tat: Er schickte ihr eine Morsebotschaft:

··· ––– ···/··· ––– ···/··· ––– ···

SOS. SOS. SOS. Das internationale Signal für einen Notfall.

Sie antwortete:

·–– ·– ···/·· ··· –/·–·· ––– ···/··––··

Die Erwachsenen schienen nicht zu bemerken, dass die Kinder heimlich kommunizierten. Falsk faselte etwas von »nächsten Schritten« und dass das Recht auf seiner Seite sei.

Unterdessen sandte Carter Leila eine neue Morsebotschaft. Langsam entschlüsselte sie sie.

·· –·–· ····/–·– · –· –· ·/

–·· ·– ···/·–·· ·· · –··/

–·· ·– ···/–·· · ·–·/

·– –· ·–– ·– ·–·· –/

··· ··– –– –– –/

· ·–·/·· ··· –/· ·· –·/

– ·–· ·– ··– · ·–· –·–· ·–·· ––– ·–– –·

Erschrocken sprang sie auf.

Alle starrten sie überrascht an. »Leila?«, fragte Mr Vernon. »Was ist los?« Aber Leila konnte nicht antworten. In ihrem Kopf passierte viel zu viel gleichzeitig.

Nein, dachte sie, *das kann nicht sein. Was zum Geier hat ein Trauerclown aus Bossos Bande hier zu suchen?* Plötzlich dämmerte es ihr. Diese Leute ... Mr und Mrs Varalika. Was, wenn ... wenn das doch nicht ihre leiblichen Eltern waren?

»Was wissen Sie über Schlüssel?«, stieß sie aus.

Mrs Varalika wirkte verwirrt. »Schlüssel?«

Auch die zwei Mr Vernons schauten verdattert drein. Nur Carter nickte wissend.

Der Mann an der Tür hörte auf zu summen und schielte mit einem kalten Funkeln in den Augen zu ihnen herüber.

»Ja, *Schlüssel*. Oder vielmehr ... einen bestimmten Schlüssel.«

Die Varalikas musterten sie mit einem seltsamen Blick.

»Nicht viel«, erwiderte Mrs Varalika zögerlich. »Sie schließen Dinge auf. Türen, zum Beispiel.«

Mehr brauchte Leila nicht zu hören. Die Erwähnung des Schlüssels hätte den beiden alles bedeuten müssen.

Diese Leute hatten sie ganz sicher nicht auf den Stufen von Mutter Margarets Waisenhaus ausgesetzt. Mit denen würde sie nirgendwohin gehen, auf keinen Fall. Da schoss ihr ein noch beunruhigenderer Gedanke durch den Kopf: *Wenn sie nicht meine leiblichen Eltern sind, was treiben sie dann hier? Warum sollten sie so etwas erfinden?*

Carters Botschaft kam ihr in den Sinn. *Trauerclown*. Und wenn nicht nur *ein* Mitglied von Bossos alter Bande in der Stadt war … sondern *alle*?

»Schon gut.« Sie schluckte. »Ich war bloß … durcheinander. Entschuldigung.« Sie setzte sich wieder und tippte auf die Armlehne ihres Stuhles. Mr Vernon wurde hellhörig.

– ·–· ·– ··– · ·–· –·–· ·–·· ––– ·–– –·

Zum Zeichen, dass er seine Tochter verstanden hatte, nickte er. »Nun, das klingt alles ganz famos. Ein wunderbares Treffen! Sie haben ja unsere Telefonnummer, rufen Sie uns gern an. Ich bin sicher, wir finden eine Lösung. Aber jetzt müssen wir leider los.«

»Bleiben Sie doch noch«, erwiderte der falsche Anwalt. »Wir haben so viel zu besprechen.«

»Ein andermal«, entgegnete Mr Vernon und gab dem anderen Mr Vernon ein Zeichen. Ohne zu zögern, nahmen sie jeder eins der Kinder an die Hand und marschierten durch den langen Raum in Richtung Tür. Die Varalikas drängten sich an ihnen vorbei und blockierten gemeinsam mit dem summenden Mann den Ausgang. Keiner von ihnen lächelte mehr.

Falsk gesellte sich zu ihnen, und die drei Männer zogen Gummiknüppel hervor, die hart genug aussahen, um jemanden bewusstlos zu schlagen. Mit finsterer Miene knurrte Mr Varalika: »Sie und Ihre Blagen gehen nirgendwohin.«

VIERUND-ZWANZIG

»Das sind die Trauerclowns von Bossos Jahrmarkt!«, rief Carter. »Ich habe sie am Summen erkannt.«

»Und die beiden sind nicht meine leiblichen Eltern«, fügte Leila mit einem Nicken in Richtung der Varalikas hinzu. »Sie wussten nichts von meinem Schlüssel.« Die Vernons hatten keine Ahnung, was es damit auf sich hatte, doch sie vertrauten ihrer Tochter und stellten sich schützend vor die Kinder.

Die vier Schurken wechselten einen Blick und grinsten.

»Sieh an, sieh an … ihr seid schlauer, als es euch guttut«, spottete der Mann mit der Melone.

»Klappe, Tommy«, brummte Mr Varalika. »Sonst bilden sie sich was drauf ein … Meine Güte, dieses Ding juckt vielleicht.« Damit zog er sich das Toupet vom Kopf.

»Aus dem Weg«, sagte der andere Mr Vernon, die Hände zu Fäusten geballt. »Sonst wird noch jemand verletzt.«

»Der Boss würde uns umbringen, wenn wir euch schon gehen lassen.« Mrs Varalika trat einen Schritt vor und holte einen Miniknüppel aus der Handtasche, mit dem sie Leila, Carter und die beiden Mr Vernons zurück ins Innere des Büros trieb.

»Der Boss?«, fragte Carter. »Ist Bosso etwa aus dem Gefängnis ausgebrochen?!«

»Bosso?«, fragte Falsk lachend zurück. »Der alte Clown hatte doch nie wirklich was zu sagen. Nein, unseren *wahren* Anführer habt ihr, glaube ich, noch nicht kennengelernt.«

»Ihren wahren Anführer?«, wiederholte Leila, die zu ihrem üblichen Selbstbewusstsein zurückgefunden hatte. Jetzt, da klar war, dass es sich bei diesen Leuten um Betrüger handelte, fiel es ihr deutlich leichter, ihnen Paroli zu bieten. »Und wer soll das bitte schön sein?«

Die vier ehemaligen Trauerclowns grinsten nur.

Mr Vernon streckte die Hand über den Kopf und ließ sie jäh zu Boden sausen. Rauchschwaden stiegen auf, hüllten die Familie ein und verbargen sie vor den Blicken der Bösewichte. »Schnell, folgt mir!« Doch ehe Leila einen Schritt tun konnte, packte sie jemand am Arm und zerrte sie zurück.

Sie schrie auf und rief durch den Rauch: »Dad, Paps, Hilfe!«

Der falsche Anwalt hielt Leila mit eisernem Griff fest und donnerte: »Bleiben Sie, wo Sie sind, dann passiert dem Mädchen nichts.«

Der Rauch legte sich, und Mr Vernon hob kapitulierend die Hände. Die Varalikas nahmen ihn zwischen sich. Der falsche Anwalt wies mit dem Kopf auf die Tür am hinteren Ende des Zimmers. »Na los, bewegt euch. In den Keller. Und keine Spielchen!«

Eine Treppe führte in die Dunkelheit. Falsk stieß sie nach unten. Leila war als Letzte an der Reihe. Fast bedauernd dachte sie an Mutter Margarets Waisenhaus. Von fiesen Mädchen in einen Schrank gesperrt zu werden, erschien ihr mit einem Mal deutlich angenehmer als die Grobheit der niederträchtigen Trauerclowns. Beinahe wäre sie gestolpert und die Stufen hinuntergefallen, doch ihre Väter fingen sie auf. Von oben ertönte die Stimme des falschen Anwalts: »Wir würden euch ja fesseln, aber wir haben gesehen, was Leila kann. Schauen wir mal, wie du aus einem Keller entkommen willst!«

Die vier Schurken winkten hämisch und warfen die Tür zu. Sekunden später ließen Hämmer und Nägel den

Rahmen erzittern. Am Fuß der Treppe wurde Leila schwarz vor Augen. Ihre Väter umarmten sie fest. »Geht es dir gut, mein Schatz?«, fragte Mr Vernon. »Haben sie dir wehgetan?«

»Alles okay«, flüsterte Leila. »Was ist mit euch?«

»Mach dir um uns keine Sorgen«, antwortete der andere Mr Vernon. »Bitte entschuldige, dass wir euch beide hierhergebracht haben. Das war ein schrecklicher Fehler!« Die vier drängten sich eng aneinander. Gerade als Leila sich langsam an die Dunkelheit gewöhnte, zog Carter seine zuverlässige Taschenlampe aus der Umhängetasche und schaltete sie ein.

»*Oh my darling, Clementine*«, flüsterte er, während er den Lichtstrahl durch den Raum wandern ließ. »Als Bossos Leute mich in seinen Rummelwaggon geschleift haben, hat einer der Trauerclowns dort dieses Lied gesummt. Ich habe ein bisschen gebraucht, um den Zusammenhang herzustellen.«

»Aber das mit den Morsezeichen war eine tolle Idee, ihr zwei«, lobte Mr Vernon. »Ich habe nicht ohne Grund so viele verschiedene Bücher im Zauberladen stehen. Und meistens hat es nichts damit zu tun, dass ich sie verkaufen will.«

»Dafür darfst du Ridley danken«, meinte Leila. »Falls wir uns jemals befreien können.«

Ihr Dad hob eine Augenbraue. »Was soll das heißen, *falls*? Du bist Leila Vernon – du kannst dich aus allem befreien!«

Über ihnen ertönten Schritte. Die ehemaligen Trauerclowns liefen umher. »Was haben sie vor?«, fragte Carter. »Werden sie uns etwas antun?«

»Sch«, machte der andere Mr Vernon. »Hört mal.«

Eine gedämpfte Stimme sagte: » … die anderen im Laden treffen. Wir müssen dieses Buch finden.« Die Schritte bewegten sich zum Eingang. Es quietschte, eine Tür fiel zu, dann herrschte über ihnen unheimliche Stille.

Leilas Väter rannten die Treppe hoch und stemmten sich gegen die Kellertür. »Mist, ich glaube, sie haben sie tatsächlich zugenagelt«, stellte der andere Mr Vernon fest.

Sie stiegen die Stufen wieder herunter. »Dürfte ich mir die mal kurz ausleihen?«, fragte Mr Vernon. Mit Carters Lampe durchsuchte er den Raum. »Keine Fenster, keine Spaten, keine Hämmer oder Brechstangen. Schade, dass ich keine Axt im Ärmel habe.«

Just in diesem Moment fiel der Lichtstrahl auf ein leeres Bücherregal.

Mr Vernon trat näher, um es genauer unter die Lupe zu nehmen, und schob es zur Seite. Dahinter kam eine rostige Tür zum Vorschein, die in das steinerne Fundament des Gebäudes eingelassen war.

Leila und Carter schnappten nach Luft.

Der andere Mr Vernon starrte sie überrascht an. »Was ist los? Was seht ihr?«

Carter schluckte nervös. »Die Tür ähnelt der, die wir vorgestern im Keller des Berghotels entdeckt haben. Dieses Symbol über dem Schlüsselloch ...«

Leila zuckte zusammen und unterbrach ihn. »Wir haben auch eine Karte gefunden, laut der es Schmugglertunnel unter der Stadt gibt.« Sie warf Mr Vernon einen Blick zu. »Aber das weißt du wahrscheinlich schon. Immerhin ist es ja *deine* Karte.«

»Meine Karte?«

»Die in der Blechdose unter dem Stein im Boden des verlassenen Hotelflügels«, erklärte Carter.

»Die man mit der Codemünze entschlüsseln kann, die wie von Zauberhand im Laden aufgetaucht ist«, fügte Leila hinzu.

Ein beeindrucktes Lächeln huschte über Mr Vernons Gesicht.

»Das ist doch nicht *meine* Karte.«

»Dann eben die des Smaragd-Rings«, meinte Carter. »Wir dachten, Leilas Schlüssel würde die Tür öffnen, aber das hat er nicht.«

Leila stockte der Atem. Sie wollte Carters Arm drücken, aber es war zu spät. Ihre Väter runzelten die Stirn. »Schlüssel? Welcher Schlüssel denn?«, fragte Mr Vernon.

Carter schlug sich die Hand vor den Mund und schaute Leila entsetzt an, weil ihm klar wurde, dass er gerade ihr Geheimnis verraten hatte.

»Ging es darum vorhin auch?«, fragte der andere Mr Vernon. »Oben im Büro, als du wissen wolltest, ob diese Halunken irgendetwas über Schlüssel …?«

Seufzend nickte Leila. Sie war die Geheimniskrämerei leid. Es wurde höchste Zeit, ihren Vätern zu zeigen, was sie so lange für sich behalten hatte – das Zeugnis ihrer Vergangenheit, den Beweis dafür, dass ihre leiblichen Eltern sie zumindest genug gemocht hatten, um ihr eine Erinnerung mitzugeben, einen Hinweis auf ihre Herkunft, darauf, wer sie wirklich war und wer sie später einmal werden konnte.

Sie zog an der Schnur um ihren Hals und offenbarte ihren Vätern den Schlüssel.

Mr Vernon konnte seine Überraschung nicht verbergen. Vor Erstaunen klappte sein Mund auf wie eine Falltür.

Wie im Traum fing Leila an zu sprechen: »Dad, Paps ... lange bevor ich euch kennengelernt habe, als ich auf den Stufen des Waisenhauses ausgesetzt wurde, hat irgendwer mir diesen Schlüssel ins Körbchen gelegt. Er ist sehr wertvoll für mich. Ich habe euch nie davon erzählt, weil ... Na ja, ihr solltet nicht glauben, dass ich an mein altes Leben gekettet bleiben will. Ich habe euch beide unheimlich lieb. Aber ich konnte mich nicht von diesem Schlüssel trennen. Manchmal habe ich fast das Gefühl, dass er ... mich beschützt.«

Die beiden Mr Vernons fassten sich an den Händen und umarmten Leila fest.

»Mit diesem Generalschlüssel ist der Smaragd-Ring ins Schmugglertunnelsystem gelangt«, erzählte Mr Vernon. »Und durch viele andere Türen in und um Mineral Wells. Wir haben ihn in einem Geheimversteck im Zauberladen aufbewahrt, damit wir ihn alle jederzeit benutzen konnten.«

Leila starrte ihn entgeistert an. »Heißt das etwa … meine Mum oder mein Dad haben zum Smaragd-Ring gehört?«

Mr Vernon musterte seine Tochter eine Weile schweigend. »Das weiß ich nicht, Leila«, sagte er schließlich ernst. »Lass uns bitte später darüber sprechen. Nicht hier, okay?« Leila schluckte. Es gab so vieles, was sie noch wissen wollte. Aber vielleicht war jetzt wirklich kein guter Zeitpunkt, um Fragen zu stellen. Widerstrebend nickte sie.

Mr Vernon atmete auf. »Mal sehen, ob das alte Ding noch tut, was es soll.« Er führte seine Familie zur rostigen Tür hinüber.

»Wir haben versucht, die Tür im Berghotel damit zu öffnen«, bemerkte Carter. »Aber das hat nicht geklappt.«

Leila steckte den Schlüssel ins Schloss. Genau wie erwartet, ließ er sich nicht drehen.

»Nun ja«, sagte Mr Vernon, »das hier ist ein besonderes Schloss. Und ein besonderer Schlüssel.«

Leilas Körper fing vor Aufregung an zu kribbeln. War ihr Vater kurz davor, einen seiner rätselhaften Tricks zu verraten? »Aber er funktioniert nicht«, erwiderte sie.

»Ein Schlüssel funktioniert nur, wenn man ihn zu verwenden weiß«, meinte Mr Vernon. »Und der Schlüssel eines *Zauberers* kann einen leicht in die Irre führen.«

»*Irreführung.*« Leila betrachtete den Schlüssel, vor allem das Ende mit dem Kreuzemblem. Vielleicht war es überhaupt keine Verzierung. Sie löste die Schnur und schob den Schlüssel verkehrt herum ins Schloss. Diesmal ertönte beim Drehen ein deutliches metallisches Klicken, und die große, rostige Tür schwang auf.

FÜNFUND-ZWANZIG

Die vier hasteten durch die Dunkelheit. Mr Vernon hielt die Taschenlampe auf den Weg vor ihnen gerichtet, während Carter versuchte, mithilfe der Karte herauszufinden, wo genau sie waren.

Der Tunnel war etwa einen Meter breit und knapp zwei Meter hoch. Einige Abschnitte wirkten, als wären sie vor Urzeiten von unterirdischen Flüssen ausgehöhlt worden. Die Felsen waren dort ganz glatt. Andere Stellen

schienen direkt mit Schmugglerspitzhacken herausgeschlagen worden zu sein. Manchmal stützten Holzbalken die Decke gegen das Gewicht der Erde darüber ab. Anderswo mussten Leila, Carter und die beiden Mr Vernons über aufgetürmte Steine klettern, die über die Jahre ungehindert von der Decke geregnet waren. Leila

stolperte über einen Pflock, der quer über dem Boden lag. Eiserne, durch Holzbretter verbundene Schienen führten durch den Tunnel wie Bahngleise.

»Dad, wo hatte der Smaragd-Ring diesen Generalschlüssel eigentlich her?«, fragte sie, und ihre Stimme hallte in der Dunkelheit wider.

»Ach, habe ich das nicht erzählt?«, fragte Mr Vernon zurück. Weiter sagte er nichts.

»Nein, hast du nicht«, antwortete Leila. »Du erzählst nie etwas!«

»Entschuldige«, entgegnete er leise. Der andere Mr Vernon streichelte ihm den Rücken. »Nun ja … Es ist so, dass ich mich ein bisschen dafür schäme.«

»Schämen?«, fragte Carter. »Warum?«

»Wir haben den Schlüssel Sandras Vater gestohlen«, stieß Mr Vernon hervor, und seine Worte wurden von den Wänden zurückgeworfen.

Es dauerte eine Weile, bis Leila begriff, was er gesagt hatte. Sie schluckte. Die ganze Zeit über hatte sie tausend Fragen mit sich herumgeschleppt. Jetzt überkam sie plötzlich Angst vor den Antworten.

Trotzdem hakte sie nach: »Und warum … warum hatte Sandras Vater den Schlüssel?«

»Er war der Schlosser von Mineral Wells«, erwiderte Mr Vernon schlicht. »Diesen Generalschlüssel hat er extra für den damaligen Bürgermeister angefertigt. Er hat auch die Metalltüren gebaut, die die Schmugglertunnel unter der Stadt verschließen. Der Bürgermeister hatte nämlich Sorge, dass die Tunnel einstürzen, während Leute hier unten herumschleichen. Deshalb hat er Mr Santos beauftragt, ein außergewöhnlich sicheres Schloss zu schmieden, um Eindringlinge abzuhalten.«

»Eindringlinge wie den Smaragd-Ring?«, fragte Carter.

»Ganz genau.«

Die Kinder wechselten einen verwunderten Blick, ehe sie Mr Vernon weiter folgten, und zwar zum Stadtzentrum, wo sich hoffentlich noch eine Metalltür durch Leilas Schlüssel öffnen lassen würde.

»Tragischerweise trat eben das ein, was der Bürgermeister befürchtet hatte«, fuhr Mr Vernon fort. »Das einzige Opfer allerdings war der Mann, der die Stadt zu schützen versucht hatte. Sandras Vater starb, als einer der Tunnel nachgab. Sie war am Boden zerstört.«

»Das ist ja furchtbar!«, rief Carter.

Leilas Wangen wurden heiß. »Die Arme!«

Mr Vernon nickte. »Sandra war so verzweifelt, dass sie die Karte und den Schlüssel vor uns anderen versteckte, damit nie mehr jemand in den Tunneln verletzt würde. Ihr Kinder wart schlau genug, um ihr Rätsel zu lösen und ihr lange verborgenes Geheimnis zu lüften.«

Carter runzelte die Stirn. »Aber das beantwortet immer noch nicht, warum *Leila* den Schlüssel hatte.«

Mr Vernon schaute zu seinem Ehemann.

»Wir sollten lieber leise sein«, meinte der andere Mr Vernon schnell. »Damit wir uns nicht verraten, wenn diese Clowns zum Büro zurückkommen und mitkriegen, dass wir verschwunden sind.« Mr Vernon nickte abermals und deutete auf eine niedrige Öffnung in der Tunnelwand.

Der andere Mr Vernon ging gebückt voran, gefolgt von Carter, der auf Anzeichen von Gefahr zu lauschen schien.

Leila hielt den Atem an und versuchte, sich zu konzentrieren, damit sie durch die Dunkelheit fand, obwohl sie sich nicht sicher war, was zurück im Hellen auf sie wartete.

War Sandras Vater wirklich der *Einzige,* der in den Tunneln umgekommen war? Ihr schwirrte der Kopf.

Was, wenn sie auf ein Skelett stießen – auf ein echtes diesmal? Was, wenn es so zu tanzen begänne wie das im Keller des Hotels? Und was war mit den Geistern, die Sandra gestern Abend ins Theater geholt hatte? Lungerten sie möglicherweise noch in Mineral Wells herum? Vielleicht hier unten?

Von einem Spalt in der Decke rieselten Steine. Alle erstarrten, aus Angst, die nächste Bewegung könnte eine gefährliche Kettenreaktion in Gang setzen. Einen angespannten Augenblick später hörte das Rieseln auf, und sie schlichen vorsichtig weiter.

An einer Weggabelung deutete Mr Vernon in die Finsternis. »Da entlang, glaube ich.«

»Glaubst du?«, fragte der andere Mr Vernon.

Carter hielt die Schmugglerkarte in den Lichtstrahl der Taschenlampe. »Er hat recht. Es ist die richtige Richtung.«

»Vielen Dank, mein Junge.«

»Bedank dich bei den Schmugglern«, entgegnete Carter.

Sie liefen und liefen, bis Leilas Paps plötzlich stehen blieb und seinen Mann fragte: »Kommt dir hier irgendwas bekannt vor?«

»Na ja, es sieht alles ziemlich gleich aus«, bemerkte Mr Vernon. »Fast wie in einem Labyrinth.« *Sehr beruhigend …* Er schien Leilas besorgten Gesichtsausdruck zu spüren. »Allerdings ist doch das ganze Leben ein Labyrinth, und wir durchwandern es mit verbundenen Augen, oder?«

»Ein bisschen platt für meinen Geschmack«, meinte der andere Mr Vernon, »aber da ist schon was dran.«

»Pssst«, machte Leila und ärgerte sich, dass *sie* sich auf einmal vorkam wie die Erwachsene.

»Da!« Sie folgte Carters Blick und entdeckte im Schein der Taschenlampe Steinstufen mit einer weiteren rostigen Tür am Ende. Hoffentlich der Weg nach draußen!

Sie schlug alle Bedenken in den Wind und rannte los, den Schlüssel fest umklammert. Kaum hatte sie das Schloss ertastet, steckte sie ihn verkehrt herum hinein. Mit einem Klicken öffnete sich die Tür, und als Leila dagegendrückte, schwang sie quietschend auf.

SECHSUND-ZWANZIG

Sie kämpften sich durch einen staubigen Samtvorhang in einen dunklen Raum. Ein vertrauter Geruch – ein bisschen muffig und doch tröstlich – drang Leila in die Nase und weckte Glücksgefühle in ihr. Im Strahl der Taschenlampe erkannte sie einen Klapptisch an einer Steinmauer, außerdem unzählige, mit schwarzer Tinte beschriftete Kartons: SPRECHENDE SCHÄDEL, RÖNTGENBRILLEN, GROSSE FLASCHENKOBOLDE,

GUMMIBLEISTIFTE. Sie waren im Keller des Zauberladens gelandet.

»Geschafft!« Carter wischte sich klebrige Spinnweben aus den Tunneln von den Schultern. Aber ehe er noch weitersprechen konnte, ertönte über ihnen lautes Gepolter.

Und noch einmal: *Rums.* Mr Vernon bedeutete ihnen, leise zu sein und ihm zur Treppe zu folgen. Vorsichtig darauf bedacht, die knarrenden Stufen zu meiden, stiegen sie nach oben, huschten in den Laden und sahen jemanden hinter der Theke kauern.

»Wer ist da?« Mr Vernon breitete die Arme aus und stellte sich schützend vor seine Familie.

Eine leise Stimme krächzte: »Dante?«

»Sandra?« Leila rannte um den Verkaufstresen herum und fand die Hellseherin auf der anderen Seite. Sie hockte in einem dunkelvioletten Kleid auf dem Boden, die weinrote Handtasche mit der aufgestickten Kristallkugel in der Hand. Überrascht starrte sie Leila an und richtete sich auf. »Du hast mir einen Schrecken eingejagt.« Dann entdeckte sie auch die anderen. »Wo kommt ihr denn alle so plötzlich her?«

Carter zeigte auf die Kellertür.

Sandra atmete schwer. »Ich dachte schon …«, ihre Stimme schwoll dramatisch an, »… die Geister wären hinter mir her.« Sie legte sich eine Hand an die Stirn.

Leila schaute sich im Laden um. Es war das reinste Schlachtfeld. Bücher waren aus dem Regal geworfen, Schranktüren aufgerissen worden, überall lagen Zauberutensilien verstreut.

»Was machst du hier, Sandra?«, fragte Mr Vernon misstrauisch.

Der andere Mr Vernon stellte sich neben seinen Mann. »Und wie bist du reingekommen? Die Tür war abgeschlossen.«

Sandra lief rot an. »Nun ja, ich wollte Leila besuchen und nachsehen, ob alles in Ordnung ist nach gestern Abend. Als ich ankam, stand die Tür offen, und der Laden war in diesem Zustand. Da dachte ich, ihr wärt ausgeraubt worden.« Ihre Stimme zitterte. »Ich war gerade auf dem Weg nach oben, als ihr aus dem Keller aufgetaucht seid.«

Mr Vernon schüttelte den Kopf. »Du wusstest doch, dass wir uns mit diesem Ehepaar und ihrem vermeintlichen Anwalt treffen, oder etwa nicht?«

»Nein.« In Sandras Gesicht spiegelte sich Verwirrung. »Wie haben sie so schnell einen Anwalt gefunden?«

»Das ist es ja: Haben sie nicht«, meinte Mr Vernon.

Leila musterte Sandra genau, um hinter ihre Fassade zu blicken. »Sie waren nicht die, für die sie sich ausgegeben haben.« Zu ihrer eigenen Überraschung war ihre Stimme ganz kalt, wie ein eisiger Stein auf dem Grund eines zugefrorenen Sees. »Sondern Trauerclowns aus Bossos Bande. Nur, dass sie gar nicht für Bosso arbeiten. Sie arbeiten für jemand anderen. Als wir verschwinden wollten, haben sie uns in den Keller gesperrt. Wir sind durch die alten Schmugglertunnel entkommen.«

Schockiert schüttelte Sandra den Kopf. »Zum Glück geht es euch gut. Diese Leute klingen ja grauenvoll!«

»Mir fallen viele Ausdrücke für sie ein«, knurrte der andere Mr Vernon, »und *grauenvoll* wäre noch der netteste.«

Carter trat an den Verkaufstresen, auf dem sich marmorierte Kassenbücher stapelten. Nachdenklich strich er darüber. »Die sehen aus wie das Buch, das der Affe aus dem Büro stehlen wollte. Normalerweise sind sie ordentlich hinter der Theke verstaut. Wenn jemand den Laden ausrauben wollte, warum sollte er sich die Mühe machen, sie hier aufzutürmen? Es sei denn …« Er riss die Augen auf. »Es sei denn, der Einbrecher wäre immer

noch auf der Suche nach diesem Buch. Dem aus dem Büro.«

Unauffällig wich Sandra einen Schritt zurück, doch da hatte Carter schon ein weiteres Kassenbuch in ihrer Handtasche entdeckt. Anklagend griff er danach und hielt es hoch. Sandra schnappte nach Luft und warf Leila einen Blick zu. Die war starr vor Entsetzen, genau wie die beiden Mr Vernons.

Nach ein paar Sekunden flüsterte Sandra: »Ich kann alles erklären.«

Heftiger Schwindel überfiel Leila. Ihr Kopf fühlte sich an, als würde er gleich zerspringen, und sie musste sich an einem Regal festhalten, um nicht umzukippen. *Nein, nein, nein,* dachte sie, *das darf einfach nicht wahr sein!* Ihre Bewunderung für diese Frau stürzte in sich zusammen. *Bitte, bitte lass sie jetzt nicht sagen, dass sie eine von den Bösen ist …*

»Sie sollten euch nicht wehtun. Unter keinen Umständen, das habe ich ihnen eingebläut. Sie mussten es mir versprechen.«

Mr Vernon stützte sich auf die Schulter seines Mannes, und seine Stimme brach. »Ach, Sandra, wie konntest du nur?«

»Ich hatte keine Wahl, Dante«, antwortete sie. »Du verstehst das nicht. Kalagan hat mich *gezwungen.* Du weißt, wie er arbeitet. Er kann jeden zu allem bringen.«

Leila hörte sich den Namen wiederholen: »Kalagan?«

Sandras Augen weiteten sich. »Ein Hypnotiseur. Er hat Fähigkeiten ... *schreckliche* Fähigkeiten.«

»Das Einzige, was Kalagan schon immer konnte, war manipulieren«, zischte Mr Vernon. »Er hat keine echten Kräfte.«

»Sie wirken echt genug«, entgegnete Sandra. »Es ist völlig egal, ob du es ihm abnimmst ... Er trachtet danach zu zerstören, was er nicht kontrollieren kann. Und hat er erst die Kontrolle über dich, dann glaubst du, was er will.«

Carter fragte: »Wer ist dieser Kalagan? Wovon reden Sie da?«

Mr Vernon zog das verblichene Foto des Smaragd-Rings unter der Theke hervor. Da waren sie alle – jung und fröhlich und voller Zuneigung füreinander. Sandra mit ihrer Kristallkugel. Bobby Bosco-

witz mit seinem verschlagenen Grinsen. Ein Junge mit Brille und einer Puppe auf dem Schoß. Dahinter der lachende Lyle Locke, Carters Vater, neben Dante Vernon, der gedankenverloren in die Ferne starrte. Ganz am Rand der Gruppe stand eine Gestalt mit Umhang und Zylinder im Schatten, so als schreckte sie vor dem Licht zurück und wollte sich vor den anderen verstecken. Leila erinnerte sich an die Botschaften und Symbole im verlassenen Flügel des Berghotels, an der Wand, auf der Rückseite des Plakats, auf den Steinen im Keller – allesamt das Werk dieser Kinder, die früher ein Herz und eine Seele gewesen waren. Doch das war offenbar lange vorbei. Sie waren auseinandergedriftet, hatten sich in alle Winde zerstreut. Bosso hatte sich zu einem diebischen Tyrannen entwickelt und Sandra …

Leila meldete sich wieder zu Wort: »Im Hotel waren Initialen in die Wand geritzt. K und A. Kalagan und … wer noch?«

Sandra holte tief Luft. »Mein voller Name lautet Alessandra Santos. Ich kann gar nicht sagen, wie oft ich die Buchstaben durchgestrichen habe. Aber Kalagan hat sie ständig neu eingekerbt. Er war regelrecht besessen von mir.« In ihrem wilden Blick lag Verzweiflung.

Mr Vernon tippte auf die vermummte Gestalt am Rand des Fotos. »*Das* ist Kalagan.« Leila wurde aus ihren Gedanken zurück in den Laden gerissen. Schmerzerfüllt blickte Mr Vernon Sandra an. »Seinetwegen hat sich der Smaragd-Ring damals entzweit. Das Feuer im Hotel … die Kerze und dieser Trick … Wir haben ihn angefleht, es nicht zu tun.«

Leilas Herz setzte aus. Also wusste ihr Vater *doch* mehr über den Unfall im verlassenen Flügel. Und es war Kalagans Schuld gewesen! Carter schaute sie mitfühlend an.

Mr Vernon seufzte. »Was hat er von dir verlangt, Sandra?«

Tränen ließen Sandras Wimperntusche in schwarzen Rinnsalen über ihr Gesicht laufen wie verschmierte Clownsschminke. »Alles fing mit diesem Affen an.«

Der Satz war so albern, dass Leila vermutlich laut losgelacht hätte, wäre sie nicht so angespannt gewesen.

Mr Vernon nickte. »Das habe ich bereits vermutet. Für gewöhnlich brechen Affen nicht mitten in der Nacht in Wohnungen ein.«

Sandra schnaubte und schniefte. »Für gewöhnlich befolgen Affen auch keine Befehle von größenwahnsinni-

gen Rummelbesitzern. Aber irgendwie hat Bosso das Tier dressiert. Als er gefasst wurde, sind ein paar seiner Clowns entkommen. Wobei sie nie wirklich *seine* Clowns waren. Letztlich haben sie immer Kalagans Anweisungen gehorcht. Er ist ihr wahrer Anführer. Für ihn ist der Affe in dein Büro eingebrochen. Er sollte das Buch stehlen. Aber dann ist der kleine Verräter einfach weggeblieben. Und wen hat Kalagan geschickt, um seine Mission zu beenden?«

»Deshalb sind Sie nach Mineral Wells gekommen?!« Schnell legte Carter das zurückeroberte Kassenbuch wieder hinter die Theke, sicher war sicher. »Um uns zu beklauen?«

Sandra senkte den Kopf. »Neulich Abend beim Essen, als ich zur Toilette gegangen bin, habe ich Dantes Büro nach dem Buch durchsucht – vergeblich. Ich dachte, er hätte es vielleicht im Laden versteckt, also habe ich dort nachgeschaut, aber dann hat der Affe mich fast zu Tode erschreckt. Vor lauter Angst habe ich das Gleichgewicht verloren. Es war, als *wollte* er, dass ihr mich erwischt.«

Mr Vernon biss sich auf die Unterlippe. »Das Ganze kam mir gleich verdächtig vor.«

»Ich wusste, dass ich die Stadt verlassen und niemals zurückkehren sollte.« Sie erschauerte. »Aber Kalagan ließ es nicht zu. Er hat mir den Auftritt im Berghotel verschafft. Und ich dachte, wenn Leila mit mir zusammen auftreten würde, wärt ihr alle lange genug außer Haus, damit die Clowns in den Laden einbrechen könnten.«

»Soll das heißen, Sie halten mich gar nicht *wirklich* für talentiert?« Leila fühlte sich wie eine Blume, der man alle Blütenblätter ausgerupft hatte.

»Liebes, dein Talent steht außer Frage. Aber es war zugegebenermaßen nicht mein Hauptgrund.« Sie schüttelte den Kopf und streckte die Hand nach Leila aus, überlegte es sich jedoch anders, als das Mädchen zurückzuckte. »Was dann passiert ist, fällt mir besonders schwer zu gestehen … Als Dante sich weigerte, zur Show zu kommen, zwang Kalagan mich zu etwas, das ich niemals tun wollte, lieber wäre ich gestorben. Am Ende habe ich es trotzdem gemacht. Ich habe das Theater mit den ›Varalikas‹ mitgespielt.« Sie wandte sich an Leila. »Kalagans Gaunerclowns hätten dir sonst wehgetan. Ich habe versucht, dich und deinen Dad zu beschützen.« Sie schlug sich die Hände vors Gesicht und schluchzte: »Ich … ich schäme mich so.«

Urplötzlich verwandelte sich Leilas Schmerz in Wut, die sich in ihr ansammelte, bis sie fast platzte. »Sie *haben* mir wehgetan. Sie haben mir vorgegaukelt, sie wären meine leiblichen Eltern!«

»Sie haben dich verletzt, ja, aber ... du bist noch am Leben.«

Leila wollte, dass Sandra verschwand. Aus dem Laden, aus Mineral Wells, aus ihrem Leben, ihrer Erinnerung – am besten gleich vom Erdboden. Leise fragte sie: »Hätten Sie uns nicht einfach um das Buch bitten können? Uns die Wahrheit erzählen?«

Auch Mr Vernon wirkte gespannt auf Sandras Antwort.

Sandra schwieg einen Moment. »Dante hätte es niemals herausgegeben, vor allem nicht an Kalagan. Um das zu wissen, brauche ich keine hellseherischen Fähigkeiten. In diesem Buch stehen Namen – Namen von Leuten, die ...«

»Das reicht«, stieß Mr Vernon wütend hervor und brachte sie zum Verstummen. Anschließend fuhr er in ruhigerem Ton fort: »Es wird jetzt Zeit zu gehen. Vielen Dank für deinen Besuch, Sandra. Komm gern nie wieder!«

»Aber Dad, wir müssen noch so viel herausfinden! Was ist mit Kalagan?« Leila drehte sich zu Sandra und versuchte, ihre Angst und ihren Zorn beiseitezuschieben. »Am Nachmittag nach der Séance, als Sie in der Hotellobby mit sich selbst geredet haben … da war er da, oder? Er hat Ihnen gesagt, was Sie tun sollen. Genau wie auf der Bühne während Ihrer Show. Da stand er hinterm Vorhang. Aber Sie wollten nicht auf ihn hören.«

»Ich … ich …« Mehr schien Sandra nicht herauszubringen.

»Na schön. Ich habe nur noch eine Frage.« Doch ehe Leila sie stellen konnte, heulte draußen vor dem Laden ein Motor auf. Ein kleines rotes Clownsauto hielt am Bordstein, und das Knallen des Auspuffs dröhnte durch die Straße. Aus der Beifahrertür sprangen Pammy und Bob Varalika, gefolgt von dem Mann, den sie Tommy genannt hatten, zwei Kindern und einem weiteren Erwachsenen. Zu guter Letzt stieg in voller Lebensgröße und mit einem teuflischen Grinsen im Gesicht der falsche Anwalt höchstpersönlich aus.

SIEBENUND-ZWANZIG

Bevor irgendjemand die Tür verriegeln konnte, stürmten die sieben Ganoven den Zauberladen, mit bedrohlichen Mienen auf den Gesichtern und Knüppeln in den Händen. Sammy Falsk packte Carter am Arm und nahm ihn in den Schwitzkasten. »Lassen Sie ihn los!«, schrie Leila.

»Ruhe!«, bellte der falsche Anwalt, ehe er sich Mr Vernon zuwandte. »Ich würde ja fragen, wie Sie aus dem

Keller rausgekommen sind, aber unser Chef hat uns schon gewarnt, dass Sie ein paar Tricks auf Lager haben.«

»Lassen Sie den Jungen gehen!«, rief Mr Vernon.

»Nein«, knurrte Sammy.

»Wer sind Sie? Was wollen Sie?«, schaltete sich der andere Mr Vernon ein.

»Wir sind die ehemaligen Trauerclowns. Aber Sie können uns Jimmy, Timmy, Tommy, Tammy, Sammy, Pammy und Bob nennen.«

»Diese Namen sind genauso blöd wie Sie«, brummte Carter.

»Klappe, Kleiner«, zischte Sammy.

Leila musterte die Eindringlinge. Sie kamen ihr alle so bekannt vor, nicht nur die Varalikas, Tommy und Sammy. Plötzlich fiel es ihr wie Schuppen von den Augen. Das waren die Freiwilligen von der Bühne im Berghotel! Das Mädchen im Pünktchenkleid, der Junge im Matrosenanzug und die dicke Frau. Und der Mann im Pelzmantel ... war das etwa ...? Leila griff sich an die Stirn. Natürlich! Wieso war ihr das nicht viel früher aufgefallen? Das war Sammy gewesen! Deswegen hatte er den komischen Mantel getragen. Und sie hatte sich noch darüber gewundert, dass sich der Kerl so eingemummelt

hatte. Ihre Freunde hatten also von Anfang an recht gehabt – Sandras Fähigkeiten waren so falsch wie sie selbst.

»Wie ihr seht, seid ihr in der Unterzahl«, fuhr Sammy fort. »Also macht besser, was wir euch sagen. Wir wollen nur das Buch. Hast du es gefunden, Sandra?«

Sandra schüttelte den Kopf. »Nein. Aber das ist auch egal. Sie werden das Buch niemals herausgeben. Lasst uns einfach verschwinden!«

»Auf wessen Seite stehst du?«, fragte Mrs Varalika.

»Her mit dem Buch, Dante!« Mr Varalika schwang drohend den Knüppel über Carters Kopf. »Vorher kommt ihr hier nicht weg.«

Mr Vernon hob die Hände. »Na schön, na schön. Sie kriegen, was Sie wollen. Aber … lassen Sie ihn gehen. Tun Sie niemandem was.«

»Rück das Buch raus«, fauchte Mrs Varalika. »Und keine Spielchen mehr! Ich bin allergisch gegen Rauch und Zaubernebel.«

»Das sollten Sie uns vielleicht nicht verraten«, murmelte Leila.

»Keine Sorge«, rief Mr Vernon. »Ich habe kein magisches Ass im Ärmel.«

»Das sagen Zauberer immer«, knurrte die dicke Frau, die Jimmy hieß. »Hoffen wir für dich, dass es stimmt.«

Leila fröstelte. Sie wünschte, das alles wäre endlich vorbei. Sie wollte Sandra nicht länger in ihrer Nähe haben. Sie ertrug die Anwesenheit dieser schrecklichen Lügnerin nicht, selbst wenn die jetzt versuchte, ihnen zu helfen. Selbst wenn sie womöglich …

Plötzlich entdeckte Leila durchs Schaufenster Theo, Ridley und die Golden-Zwillinge auf der gegenüberliegenden Straßenseite.

O nein! Sie hatten sich nach dem Termin beim Anwalt hier verabredet. Aber ihre Freunde hatten keinen Schimmer von der Gefahr, die sie erwartete. Leila ließ sich nichts anmerken, damit die Schurken sich nicht umdrehten und den Rest der Magischen Sechs bemerkten, sondern drückte nur die Hand ihres Paps'. Der drückte zurück. Er hatte Theo, Ridley, Olly und Izzy auch gesehen.

»Ich glaube, das Buch ist hinten«, sagte Mr Vernon. »Wenn Sie mir bitte alle folgen würden …«

»Das hätten Sie wohl gern«, erwiderte Sammy. »Pammy, du gehst mit. Aber sei vorsichtig. Der Kerl hat flinke Finger.«

»Keine Sorge«, meinte Mrs Varalika. »Ich habe flinke *Fäuste*!«

Leila fasste es nicht, wie anders diese Frau inzwischen wirkte. Dabei hatte sie sie tatsächlich kurz für ihre leibliche Mutter gehalten … Pammy stapfte hinter Mr Vernon her, der zwischen den Regalen hindurchglitt, als würden seine Füße kaum den Boden berühren.

Leila wandte ihre Aufmerksamkeit wieder dem Schaufenster zu. Entsetzt beobachtete sie, wie Theo, Ridley und die Zwillinge sich dem Zauberladen näherten. Sie hatte gehofft, ihre Freunde würden bemerken, was sich hier drinnen abspielte, aber es war zu hell draußen – die vier sahen bestimmt nur ihr eigenes Spiegelbild in der Scheibe. Die Glocke klingelte, und die Tür traf Sammy im Rücken. Der machte einen Satz und prallte gegen Tommy.

Carter nutzte die Gelegenheit. Er befreite sich aus dem Schwitzkasten und flüchtete tiefer in den Laden, um Abstand zwischen sich und die Bösewichte zu bringen. Leila rief ihren Freunden zu: »Passt auf! Das sind Trauerclowns!«

Theo, Ridley, Olly und Izzy wichen Jimmys Händen aus und duckten sich nach rechts hinter die Theke.

Kaum fiel die Tür wieder zu, brach das Chaos aus.

»*Schnappt die Kinder und findet das Buch!*«, brüllte Sammy.

Die übrigen Trauerclowns stürmten los. Mit ein paar Tanzschritten schnitten Olly und Izzy Mr Varalika den Weg ab und verbeugten sich, damit die zwei Mäuse aus ihren Westentaschen auf sein Jackett springen konnten. Mr Varalika wurde leichenblass, stieß ein markerschütterndes Kreischen aus und rannte blindlings in Sammy hinein. Die beiden schlugen aufeinander ein, während die Mäuse einen Hindernisparcours über ihre Körper absolvierten und von fliegenden Fäusten über erhobene Knie zu tretenden Füßen hüpften.

»Juhu!« Die Zwillinge wirkten tief beeindruckt, dass ihre Mäuse endlich einen Trick beherrschten, wenn auch einen, den sie ihnen gar nicht beigebracht hatten.

»Weiter so, Ozzy«, jubelte Olly.

»Fass, Illy!«, befahl Izzy.

(Puh! Endlich habe ich das mit den Namen richtig hinbekommen.)

Plötzlich verschwanden die Mäuse. Die Männer standen bedröppelt da und starrten auf die Zwillinge hinunter. Sammy kniff die Augen zusammen. »Das wird euch noch leidtun!«

Die Zwillinge hakten sich beieinander unter. Olly rollte über Izzys Rücken, stieß die Beine in die Luft und traf die Trauerclowns mit den glänzenden Spitzen seiner ledernen Steppschuhe mitten im Gesicht. Sie ruderten mit den Armen und stolperten gegen einen Tisch mit aufziehbaren Klappergebissen, die zu Boden fielen und mit den winzigen Zähnen nach ihren Füßen schnappten. Olly legte eine perfekte Landung hin und flitzte auf die eine Seite des Ladens, während Izzy zur anderen sprintete. Als die Männer sich von den Tritten erholt hatten, rannten sie den beiden hinterher – Sammy Olly, Mr Varalika Izzy.

Unterdessen versuchten Theo und Ridley, in den hinteren Teil des Ladens vorzudringen, kamen aber nicht weit. Das kleine Mädchen namens Tammy krabbelte unter einer Auslage hervor und steckte ihren Knüppel zwischen die Speichen von Ridleys Reifen. Der Rollstuhl buckelte und hätte sie beinahe abgeworfen. »Finger weg von meinem Stuhl!«, schrie Ridley, ehe sie mit einem Lächeln hinzufügte: »Soll ich dir mal einen tollen Trick zeigen?« Tammy war so verblüfft von diesem Angebot, dass sie tatsächlich innehielt und Ridley mit großen Augen anschaute.

Ridley griff nach drei Messingringen. »Hier, guck! Fest und unverbunden.« Sie wirbelte die Ringe herum und schlug sie aneinander. Das Scheppern ließ Tammy erbleichen. Als Ridley die Ringe wieder auseinanderzog, hatten sie sich verhakt. »Die Dinge sind oft anders, als sie scheinen, Kleine.« Ridley schob die Ringe erneut zusammen und warf sie dem Mädchen über den Kopf. Sie rutschten über die schmalen Schultern und fesselten ihr die Arme an den Körper. Tammy schrie auf und wand sich, bis sie das Gleichgewicht verlor und bewegungsunfähig zu Boden stürzte. Ridley machte sich daran, den Knüppel aus ihrem Reifen zu entfernen.

Ein paar Meter weiter stürmte der Junge im Matrosenanzug, der auf den Namen Timmy hörte, knüppelschwingend auf Theo zu. Theo trat ein paar Bücher beiseite und holte seinen magischen Geigenbogen aus der Frackhose, den er wie einen Zauberstab auf den grinsenden Jungen richtete. »Keinen Schritt näher! Ich warne dich. Ich verfüge über Kräfte, die du nicht am eigenen Leib erfahren möchtest.« Blitzschnell tauchte Timmy unter einem Tisch in der Nähe ab und verschwand somit aus Theos Blickfeld. »Verflixt!« Theo spähte suchend umher.

In der Mitte des Raumes drängten sich Leila und der andere Mr Vernon dicht aneinander und beobachteten überwältigt den Tumult. Sandra stand wie erstarrt in der Nähe des Schaufensters. Plötzlich hoppelte Zylinder hinter einer Vase mit Federblumen hervor. Sandra stieß ein überraschtes Quieken aus, ließ sich auf alle viere fallen und krabbelte um ein Regal herum in Deckung. Leila wollte ihr folgen, aber ihr Paps drückte sie fest an sich.

Weiter hinten umklammerte Mrs Varalika Mr Vernons Ellbogen und bohrte ihm die langen Fingernägel durch die Frackjacke in die Haut. Das Bücherregal zum Geheimquartier schwang auf, und Carter platzte heraus. Die Frau erschrak. Langsam und theatralisch hob Carter die Arme, und bevor Mrs Varalika um Hilfe rufen konnte, schossen unzählige Spielkarten aus seinen Händen und schnitten ihr mit den scharfen Kanten in die Wangen.

Mehr Ablenkung brauchte Mr Vernon nicht. Innerhalb eines Wimpernschlags hatte er sich aus dem Griff der Frau befreit und war im Lastenaufzug verschwunden, der in einer Säule unter der Empore verborgen war und ihn flugs nach oben beförderte.

Der Kartenhagel brachte Mrs Varalika aus dem Gleichgewicht. Sie taumelte auf das Bücherregal zu und

riss eins der Bretter heraus. Als sie zu Boden ging, plumpsten einige der schwersten Bände auf sie.

Im nächsten Augenblick tauchte Mr Vernon an der Brüstung der Empore auf, ein weißes Seil in der Faust. »Fang!« Er warf es Leila zu, die es mit einer Hand zu fassen bekam.

Tommy stolperte mit ausgebreiteten Armen auf sie zu, als wollte er sie ergreifen und zur Geisel nehmen. Schnell drückte Leila ihrem Paps das andere Ende des Seiles in die Hand. Gemeinsam hielten sie es straff und rannten auf den Trauerclown zu. Er krachte rücklings auf den Hintern.

»Alles in Ordnung?«, fragte Leila ihren Paps. Ehe der andere Mr Vernon antworten konnte, war Tommy wieder auf den Beinen und schlug ihn nieder. Mit erhobenen Fäusten wollte sich der Halunke auf ihn stürzen, doch Leila hatte das Seil zu einem Lasso geknüpft und warf die Schlinge um seinen Arm. Mit einem kräftigen Ruck zerrte sie ihn zurück. Als der Mann nach ihr haschte, wickelte sie den Rest des Seiles zweimal um seine Handgelenke, rutschte zwischen seinen Beinen hindurch, schlang es um ein Fußgelenk und zog daran. Tommy kippte erneut um, und Leila band das Seil fest.

Es war die perfekte Fessel. Je heftiger er sich wand, desto enger wurde das Seil. Seine Handgelenke und sein Bein waren zu einem unentwirrbaren Knoten verheddert. »Sammy«, schrie er. »Mich hat's erwischt. Ich bin erledigt!«

Sammy allerdings war beschäftigt. Er hatte endlich Olly in die Finger bekommen und ihn am Kragen gepackt. Olly schaute sich suchend nach Izzy um. »Magst du Ballontiere?« Sammy kramte mehrere grellbunte Luftballons aus der Jacketttasche. »Ich mache eine *mördermäßige* Giraffe!« In Windeseile blies er die Ballons auf und zerquetschte sie direkt neben Ollys Kopf. Als sie platzten, knallte es wie bei einem Silvesterfeuerwerk. Olly zuckte zusammen und presste sich die Hände auf die Ohren, während er zu Boden sank. Sammy ließ den Blick durch den Zauberladen schweifen. »Hat irgendwer dieses Buch gefunden?«

»Bin dabei«, hörte man Jimmy rufen, die die Wendeltreppe nach oben hastete.

»Leila«, rief Mr Vernon von der Empore. »Lauf und hol Verstärkung!«

»Ich lasse euch garantiert nicht mit denen allein«, rief Leila zurück.

»Wir *sind* die Verstärkung, Mr Vernon!« Theo umklammerte noch immer seinen Geigenbogen. Als er sich umdrehte und bemerkte, dass Timmy sich auf ihn stürzen wollte, hob er den Geigenbogen und hielt ihn über eine Schachtel mit mexikanischen Springbohnen zu seinen Füßen, die in die Höhe stieg und ihren Inhalt in einer riesigen, zuckenden, hüpfenden Masse auskippte. Timmy trat sie grinsend beiseite.

Leila sprang mit einem Satz über die Theke, ging in die Hocke und durchwühlte die Kisten dahinter nach etwas, das sie alle retten würde: Handschellen.

»Ich habe dich gewarnt!« Theo richtete den Geigenbogen auf Timmys Kopf, und mit einem Schwung seines Handgelenks wurde der Junge jäh in die Luft gerissen. Er schrie erschrocken auf. Theo bewegte den Geigenbogen und damit den schwebenden Timmy, als würde er ein unsichtbares Symphonieorchester dirigieren. »Eure Pläne sind keinen Deut besser als eure lächerlichen Namen!«

Sammy rief: »Jimmy! Bob! Beeilt euch, Vernon führt nichts Gutes im Schilde!«

Dasselbe hätte man von Jimmy behaupten können. Sie hatte inzwischen die Empore erreicht, rannte auf Mr

Vernon zu und drängte ihn in die Ecke. Aus der Tasche ihres Kleides holte sie eine riesige Clownspuderdose und klappte sie auf. Darin lag eine große Puderquaste, die sie mit den feisten Fingern packte und in Mr Vernons Gesicht drückte. Weißer Staub stob hervor und hüllte Mr Vernon ein. Hustend hob er die Arme, doch Jimmy ließ sich nicht beirren und puderte munter weiter.

Ridley entdeckte, dass Mr Varalika Izzy unter der Hutablage in die Enge getrieben hatte. In der Hand hielt er das gewaltige Schwert aus der Glasvitrine in der Theke. Izzy sah aus, als würde sie ein besonders schwieriges Klatschspiel spielen. Jedes Mal, wenn Mr Varalika einen Schritt auf sie zu machte, schlug sie nach ihm, aber er gab nicht auf.

Mit einem letzten Ruck zerrte Ridley den Knüppel aus den Speichen ihres Rollstuhls und schleuderte ihn weg. Er kullerte über den Boden und verfehlte nur knapp Tammys süßes Stupsnäschen. Das Mädchen war noch immer in den Messingringen gefangen und kreischte wütend.

Ridley griff nach den Reifen und fuhr los, so schnell sie konnte. Ihr Rollstuhl krachte in Mr Varalikas Kniekehlen. Während sie sich geschickt aus dem Weg manövrierte, gaben seine Beine nach, und er kippte mit einer

schmerzverzerrten Grimasse um. Das Schwert fiel klappernd zu Boden.

Izzy jubelte, ehe sie die Augen aufriss. Ridley bemerkte einen bedrohlichen Schatten an der Wand. Jemand hatte sich von hinten an sie herangeschlichen. Mit einer raschen Bewegung ihres Ellbogens betätigte sie einen geheimen Schalter in der Armlehne. Wasser spritzte aus den Handgriffen und Sammy direkt ins Gesicht. Mit einem frustrierten Schrei taumelte er rückwärts. Ridley wirbelte herum und rammte ihm die Fußstützen gegen die Schienbeine. Ächzend vor Schmerz humpelte er davon. »Legen Sie sich nie mit einem Mädchen im Rollstuhl an!«, fauchte Ridley ihm hinterher.

Izzy rannte zu Olly hinüber, der auf der anderen Seite des Ladens kauerte, strich ihm über den Kopf und flüsterte ihm tröstende Worte ins Ohr.

Leila schaute noch einmal zu ihrem Dad hinauf, der immer noch mit Jimmys Puderquaste kämpfte. Dann nahm sie sich zusammen und konzentrierte sich wieder auf die Schubladen hinter der Theke. Wo zum Henker steckten diese Handschellen?

»Würden … Sie … bitte … damit … *aufhören*?«, würgte Mr Vernon zwischen zwei Puderattacken hervor. Wütend

stieß er Jimmy von sich. Die verlor das Gleichgewicht und krachte gegen die Brüstung. Mit einem scharfen Knacken brach das Holz. Jimmy fiel von der Empore und landete mit einem mächtigen *Rums* auf Mr Varalikas Bauch.

Stöhnend kroch er unter ihr hervor, rappelte sich auf und wollte schon auf die wehrlosen Zwillinge losgehen, als der andere Mr Vernon sich ihm in den Weg stellte.

»Endstation!« Er holte ein kleines Päckchen aus der Hosentasche, riss es auf und kippte sich ein rotes Pulver in die Hand. »Mögen Sie es gern *scharf*?« Ohne auf eine Antwort zu warten, blies er Mr Varalika das Pulver direkt ins Gesicht. Der Halunke heulte auf und sackte wieder zusammen, während er sich niesend und schniefend die brennenden Augen rieb.

Als Sammy erkannte, dass seine Bande an Boden verlor, rannte er auf das heruntergefallene Schwert zu.

Mr Vernon benutzte eine klassische Irreführung, um ihn abzulenken. »Suchen Sie danach?« Er hielt ein Kassenbuch mit marmoriertem Einband übers Geländer. Mit dem Schwert in der Hand stürmte Sammy auf die Wendeltreppe zu.

»Hier drüben!« Carter trat hinter einem freistehenden Regal hervor, und Mr Vernon warf ihm das Buch zu. Sammy machte kehrt, doch ehe er Carter erreichte, war das Buch verschwunden.

»Hoppla, wie ist das denn passiert?«, rief Theo. Inzwischen hatte er das Buch in der Hand. Er ließ es los, und es schwebte vor ihm in der Luft. Langsam und hypnotisch drehte es sich im Kreis.

Ridley kam herbeigerollt, schnappte es sich und raste damit auf den falschen Anwalt zu. Er sprang hastig beiseite, aber da hatte Ridley ihm im Vorbeifahren schon eins übergezogen.

»Es reicht!« Sammy war der einzige Trauerclown, der noch aufrecht stand. Er umklammerte das Schwert, wirbelte wild herum und stoppte Ridleys Rollstuhl mit dem Fuß. Ridley wurde durch den Ruck nach vorn geschleudert und wäre zum zweiten Mal heute fast zu Boden gekippt.

Sammy entriss ihr das Buch und klappte es auf. Als er den Inhalt sah, färbte sich sein Gesicht beinahe lila. Es war eine gezeichnete Zauberanleitung mit dem Titel *Tricks für Trottel*. Ridley konnte sich das Kichern nicht verkneifen. Sie wollte sich aus dem Staub machen, doch Sammy warf das Buch zu Boden und trat auf einen ihrer Reifen. Dann richtete er das Schwert auf ihre Brust und rief Mr Vernon zu: »Wenn Sie das Buch nicht innerhalb der nächsten drei Sekunden rausrücken, wird es Ihnen sehr, sehr leidtun.«

Leila tauchte hinter der Theke auf. Sie hatte endlich gefunden, wonach sie gesucht hatte.

»Eins!« Die Magischen Sechs erstarrten. »Zwei!« Leila schaute zu ihrem Dad hinauf, der den Kopf schüttelte, so als sollte sie sich nicht bewegen. »Drei!«

Sammy stieß auf Ridley ein, als sich plötzlich ein Schatten hinter ihm erhob und ein lauter Schlag durch den Zauberladen hallte. Der falsche Anwalt plumpste zu Boden wie ein Sack Murmeln.

Sandra stand über ihm und hielt etwas Schimmerndes in der Hand. Es war ihre Samthandtasche mit der aufgestickten Kristallkugel. Daraus holte sie eine *echte* Kristallkugel hervor.

Mit einem schnellen Blick zu Jimmy, die sich gerade aufrappeln wollte, schrie sie: »Keine Bewegung, sonst prophezeie ich dir eine schmerzhafte Zukunft!«

Fidibus landete auf der zerbrochenen Brüstung der Empore und krächzte: »*Schmerzhafte Zukunft!*«

Sandra streckte in einer entschuldigenden Geste die Hand nach Leila aus. Die wusste nicht, was sie tun sollte. Konnte sie Sandra wirklich trauen? Nein, entschied sie, es war viel zu viel passiert. Wortlos nahm sie Sandras Hand und fesselte sie blitzschnell mit einem Paar Handschellen an Sammy.

Ehe Sandra reagieren konnte, war Leila schon zu Tammy und Timmy hinübergehuscht und hatte zwei weitere Paar Handschellen um deren Knöchel zuschnappen lassen.

Anschließend warf sie Carter und ihrem Paps je ein Paar Handschellen zu, damit sie Mr und Mrs Varalika und Jimmy und Tommy aneinanderketten konnten. Mr Varalikas Augen waren mitleiderregend zugeschwollen, und er rief: »Wenn ihr uns nicht sofort freilasst, droht euch Schlimmes!« Keiner achtete auf ihn.

Ridley hob das Schwert vom Boden auf und drückte gegen die Spitze der Klinge, um allen zu zeigen, dass sie

sich zusammenschieben ließ. »Mir geht's gut! Es war bloß ein Trickschwert!« Sie wischte sich den Schweiß von der Stirn und wiederholte leise: »Es war bloß ein Trickschwert ...«

Carter, Theo und Leila drängten sich besorgt um ihren Rollstuhl. Ridley stöhnte. »Ich hab doch schon gesagt, dass es mir gutgeht!« Auch Izzy kam mit ihrem Bruder herbeigestolpert, der sich mittlerweile vom Ballonangriff erholt hatte. Ridley zog einen Erste-Hilfe-Kasten aus ihrem Geheimfach. »Was ist mit euch? Wer braucht ein Heftpflaster?«

Die beiden Mr Vernons eilten auf die Kinder zu und schlangen die Arme um Leila und Carter. Weißer Clownspuder waberte durch die Luft wie Pulverdampf nach einer Schlacht.

Gemeinsam lauschten sie den Sirenen draußen, die immer lauter wurden.

ACHTUND-ZWANZIG

Als alle weg waren und die Sonne schon tief am Horizont stand, räumten die Vernons den Zauberladen auf.

Leila und Carter stiegen zurück in den Keller, schlossen die verrostete Tür hinter dem Samtvorhang und sperrten sie ein für alle Mal mit dem kreuzförmigen Ende des Generalschlüssels zu.

Am nächsten Morgen schreckte Leila viel zu früh aus dem Schlaf auf.

Sie bat ihren Dad, sie zur Polizeistation zu begleiten. Sie musste Auge in Auge mit Sandra Santos sprechen.

Die Polizeistation befand sich nur ein paar Straßen entfernt, ganz in der Nähe des Rathauses. Leila zwang sich, munter und hoch erhobenen Hauptes voranzuschreiten, obwohl die Leute auf der Straße ihr seltsame Blicke zuwarfen. Wahrscheinlich hatte schon die Runde gemacht, was mit der berühmten Madame Esmeralda passiert war. »Guten Morgen«, grüßte Leila jeden fröhlich und versuchte, zu ihrem alten Ich zurückzufinden. Es fühlte sich an, als würde sie einen Schalter umlegen. Na ja, den Schalter einer flackernden Glühbirne.

Mr Vernon spazierte neben ihr her und plauderte über das strahlende Blau des Himmels, den Gesang der Vögel und das Rumpeln der Züge am anderen Ende der Stadt. Leila wusste, dass er so die Leere zwischen ihnen füllen wollte, und das war ihr im Augenblick sehr recht. Würde er ein wichtiges Thema anschneiden, würde sie bestimmt sofort mit ihren eigenen Plänen und Mutmaßungen herausplatzen, und dazu war weder ihr altes noch ihr neues Ich bereit.

Vor der Polizeistation bat Leila ihren Dad, allein hineinzudürfen. Er wirkte überrascht, nickte aber und

wies ihr mit weiß behandschuhten Fingern den Weg. Ein Ordnungshüter führte Leila einen langen Gang entlang bis zu einer Zelle, die von einem winzigen Fenster erhellt wurde. Vor dem Fenster ragten dicke schwarze Eisenstangen aus der Mauer.

»Miss Santos? Hier ist jemand für Sie.«

Sandra setzte sich auf ihrer Pritsche an der Wand auf. Ihre weißen Sternenohrringe hatten sich im wirren Haar verheddert. Als sie die Besucherin erkannte, schlug sie sich die Hände vors Gesicht und schüttelte den Kopf. »Leila«, murmelte sie. »Geh wieder nach Hause. Das ist kein Ort für ein Mädchen wie dich.«

»Ein Mädchen wie mich? Was für ein Mädchen soll das sein?« Leilas Stimme klang fest und sicher, obwohl sie jederzeit brechen konnte. »Ich bin nicht bloß ein lächelndes Gesicht und eine hilfsbereite Freundin. In mir steckt mehr, als die Leute sehen.«

Sandra warf dem Ordnungshüter einen Blick zu und nickte. Der drehte sich um und ließ sie allein.

»Ich bin hier, weil ich Antworten will«, erklärte Leila. »Und zwar keinen Hellseherquatsch, bei dem Sie meine Gedanken lesen und mir erzählen, was ich längst weiß, sondern *Fakten.*«

Sandra seufzte. »Welche Fakten möchtest du hören?«

»Habe ich Ihr Wort, dass Sie mir die Wahrheit sagen?«

»Ich gebe mein Bestes.«

»Warum haben Sie es getan? Warum sind Sie hergekommen?«

»Ich dachte, das hätte ich gestern bereits erklärt.«

»Klar. Wegen diesem Kalagan ... und dem Buch meines Dads.« Leila kniff die Augen zusammen, um aus Sandra schlau zu werden. Die Frau wirkte heute irgendwie verloren. Geschlagen. Und nicht nur von den Magischen Sechs. In ihrem Kopf ging noch etwas anderes vor. Etwas ... *Tieferes.* Das weggesperrt und festgekettet war. Genau dieses Geheimnis würde Leila lüften. »Sie meinten, Kalagan sei ein Hypnotiseur. Dass er einen dazu bringen kann, Dinge zu tun, die man eigentlich gar nicht tun will. Bedeutet das, ohne ihn wären Sie nie nach Mineral Wells zurückgekehrt?«

Sandras Blick wurde kalt. »Nein, das wäre ich wohl nicht.« Sie verbarg etwas. Etwas, das sie sich nicht eingestehen wollte.

»Also hat er Sie hypnotisiert?«

»Könnte sein.« Ihre Stimme war nicht mehr als ein Krächzen.

»Das glaube ich Ihnen nicht«, sagte Leila. »Ich glaube, Sie wollten schon sehr lange zurückkehren.« Sandra schwieg. »Und zwar, weil Sie etwas mit eigenen Augen sehen mussten … etwas, das nicht mit Kalagan oder dem Smaragd-Ring zusammenhängt.« Jetzt wandte Sandra sich ab, ließ den Kopf hängen und schlang die Arme um den Oberkörper. »Ich weiß, dass Sie niemanden verletzen wollten. Vor allem nicht *mich*. Trotz Ihrer finsteren Intrigen bin ich Ihnen wichtig. Das habe ich in Ihrem Blick erkannt, als wir uns zum ersten Mal begegnet sind. Und Sie haben versucht, mir Hinweise zu geben, die ich erst nicht verstanden habe. Dinge, die Sie mir mitteilen wollten, aber nicht offen aussprechen konnten – so wie Ihre ›Prophezeiung‹ über meinen Schlüssel beim Abendessen. Ihnen war klar, dass ich ihn vielleicht brauchen würde, um in die Tunnel zu gelangen.« Leila schluckte gegen die Trockenheit in ihrer Kehle an. »Die große Frage ist bloß, woher Sie überhaupt wussten, dass ich den Schlüssel habe.«

Sandra antwortete, ohne aufzuschauen: »Ich bin Hellseherin, schon vergessen?«

»Hellseherin hin oder her … ich glaube, es gibt noch einen anderen Grund.« Zitternd nahm Leila die Kette

vom Hals und ließ den Schlüssel vor der Zellentür baumeln. »Und zwar, dass Sie ihn mir ursprünglich geschenkt haben.«

Sandra versteifte sich, drehte langsam den Kopf und sah Leila an. Ihre Augen waren rot und feucht. Leila biss sich auf die bebende Unterlippe. Sie wollte nicht weinen. Nicht darüber. Nicht hier und jetzt. Nie. »Sie sind meine leibliche Mutter, oder?«

Beinahe eine Minute lang antwortete Sandra nicht.

Leila erschien es wie eine Ewigkeit.

Dann nickte die Hellseherin, stand auf und kam zur Zellentür. Sie griff nach Leilas Hand, doch Leila zog sie weg, und Sandra ließ den Arm wieder fallen.

»Du wusstest die ganze Zeit, dass ich hier bin?«, fragte sie. »Bei den Vernons?«

»Ich habe erfahren, dass Dante dich adoptiert hat. Das war … mehr, als ich mir hätte wünschen können.«

»Warum hast du mich bei Mutter Margaret gelassen? Wolltest du mich nicht?«

»O doch, ich wollte dich, mein Kind. Aber es war unmöglich. Kalagan …«

»Kalagan *was*?!«, hörte Leila sich schreien. »Hat er dich damals etwa auch hypnotisiert?«

Jetzt zitterte Sandra. »Erinnerst du dich noch an Mrs Varalikas Geschichte auf der Bühne? Ich habe sie diese Zeilen wieder und wieder üben lassen. Weil sie *meine* Geschichte erzählen.«

»Ich ... ich weiß nicht, was ich sagen soll.«

»Damals konnte ich dir nicht bieten, was du brauchtest«, fuhr Sandra fort. »Jemand, dem ich vertraut habe ...«

»Kalagan«, flüsterte Leila.

»Ich habe mich überreden lassen, dich wegzugeben. Ich wollte es nicht, aber ich habe geglaubt, es wäre zu deinem Besten. Es war der größte Fehler meines Lebens.«

Leila schniefte. »Ist das die Wahrheit oder noch eine Lüge? Spielst du weiter mit mir, so wie damals mit dem Smaragd-Ring?«

»Je älter wir werden, desto weniger schwarz-weiß sind die Entscheidungen, die wir treffen. Vieles ist nur Schall und Rauch, da kommt man leicht durcheinander. Und Menschen wie Kalagan sind gut darin, diese Verwirrung zu ihrem Vorteil zu nutzen. Ich ... ich habe jeden Tag an dich gedacht.« Ihre Augen glänzten, und ihre Lippen bebten. »Den Schlüssel habe ich dir in der Hoffnung geschenkt, dass du eines Tages auch an mich denkst.«

Leila wich zurück. »Ich weiß nicht, ob ich auch nur ein Wort aus deinem Mund glauben kann.«

»Das verstehe ich. Ich habe dich angelogen. Glaube braucht Vertrauen. Sicherheit. Sollte ich jemals hier rauskommen« – sie deutete auf die klamme Zelle –, »kann ich mir dieses Vertrauen vielleicht verdienen.«

»Steckst du in großen Schwierigkeiten?«, fragte Leila. Sandra nickte. »Mit der Polizei? Oder mit Kalagan?«

»Mein cleveres Mädchen ... Du betrachtest die Sache aus verschiedenen Blickwinkeln. Das haben wir bei unseren Treffen mit dem Smaragd-Ring immer geübt. Es gibt so viele Wege, ein Publikum einzuschätzen, Risiken abzuwägen und sich auf das Unerwartete vorzubereiten.«

Leila musste lächeln. »Du hast meine Frage nicht beantwortet.«

Sandra blinzelte langsam. »Ich stecke in *sehr* großen Schwierigkeiten. Aber darüber musst du dir keine Sorgen machen.«

»Ist Kalagan in Mineral Wells?«, fragte Leila. »Sollten wir die Augen offen halten?«

Daraufhin geschah etwas Merkwürdiges. Sandra klappte den Mund auf, aber kein Laut drang heraus. Überrascht starrte sie Leila an. »Es tut mir leid, ich kann nicht ...«

Ob nun Kalagans Macht über Sandras Geist oder ihre eigene Angst ihr die Zunge lähmte, an diesem Tag sollte Leila nicht erfahren, wer er wirklich war.

(Genauso wenig wie du, du Neugiernase. Noch nicht.)

»Auf Wiedersehen, Sandra«, flüsterte Leila. »Ich wünschte, wir ...« Sie verstummte. Diese Frau stand unter jemandes Bann. Und bis der gebrochen war, konnten sie einander nicht besser kennenlernen.

Der Generalschlüssel in Leilas Hand schwang hin und her, hin und her, wie das Pendel eines Hypnotiseurs. Leise sagte sie: »Mein Dad hat mir erzählt, dass dein Vater der Schlosser von Mineral Wells war.« Sandra nickte. »Das heißt, er hat vielleicht auch diese Zelle gebaut.«

Beim Gedanken an ihren Vater lächelte Sandra. »Das ist nicht unwahrscheinlich.«

Leila ließ den Schlüssel in Sandras Hand sinken.

»Dann schließt der hier sie möglicherweise auf. Tu, was du für richtig hältst.« Sie entfernte sich langsam. »Aber bitte warte, bis ich weg bin.«

NEUNUNDZWANZIG

Mr Vernon wartete gleich um die Ecke auf Leila. »Hast du alles gehört?« Er drückte ihr die Hand. Das bedeutete wohl Ja.

Auf dem Nachhauseweg redeten sie dann richtig, endlich befreit von den Ketten all ihrer Geheimnisse und Ängste.

»War es schlecht, dass ich ihr meinen Schlüssel gegeben habe?«, fragte Leila.

Mr Vernon überlegte kurz. »Eigentlich gehörte er von Anfang an ihr. Und es ist ihre Entscheidung, was sie damit tut.«

»Im Gegensatz zu Bosso hat Sandra ein Gewissen. Ich glaube nicht, dass wir etwas zu befürchten haben.«

»Zumindest nicht von ihr«, fügte Mr Vernon leise hinzu.

Sie schwiegen eine Weile. Irgendwann hörte Leila ihren Dad zum allerersten Mal stammeln. »Ich ... ich weiß, was du jetzt denkst.«

Nervös versuchte sie, mit einem Scherz die Stimmung aufzulockern. »Bitte erzähl mir nicht, dass du auch hellsehen kannst!«

»Nein.« Er machte eine Pause und lächelte sie an. »Hoffentlich nicht. Die Zukunft zu kennen, scheint nicht gerade die nützlichste Fähigkeit für Magier zu sein.« Er fasste in seine Frackjacke, holte einen schwarzen Zauberstab mit weißen Spitzen hervor und entfernte langsam die Hände voneinander. Der Zauberstab tanzte dazwischen in der Luft. »Im Gegensatz dazu, Dinge zum Schweben zu bringen.« Er klatschte, und der Zauberstab fiel als Knüppel in seine Faust. »Oder zu verwandeln.« Er blies gegen das eine Ende, und ehe Leila blinzeln

konnte, war der Knüppel fort. »Oder verschwinden zu lassen.« Er streckte ihr die leere Hand hin.

»Oder sich zu befreien«, ergänzte Leila und wirbelte mit einem spielerischen Satz zur Seite. »Na schön, Dad: Was denke ich?«

»Ach ja.« Er hob einen Finger. »Du fragst dich, ob ich wusste, wer du bist, als wir uns in Mutter Margarets Waisenhaus zum ersten Mal begegnet sind.«

»Hm. Das stimmt wohl. Und?«

»Die Antwort lautet Nein. Und *Ja*.«

Verwirrt schüttelte Leila den Kopf.

»Bei unserer Zaubertournee vor all diesen Jahren, als ich für euch Kinder aufgetreten bin, hat deine Begeisterung am anderen Ende des Raumes meine Aufmerksamkeit erregt. Und später, als wir uns unterhalten haben, haben deine glänzenden Augen mich an eine alte Freundin erinnert.«

»Sandra?« Leila griff nach seiner Hand und schwang sie hin und her, als sie die Straße überquerten.

Er nickte. »Ich bin viel herumgereist, habe neue Fähigkeiten erlernt, neue Freundschaften geschlossen und das Gute in der Welt entdeckt. Damals hatte ich längst keinen Kontakt mehr zu Sandra, also hatte ich keinen

Schimmer, dass sie ein kleines Mädchen bekommen, und erst recht nicht, dass sie es der Obhut anderer übergeben hatte. Meine Erinnerung an Sandra hat die Neugier geweckt, dich näher kennenzulernen, aber es war dein Geist, mein tapferes, kluges Mädchen, *dein* Geist, der mein Herz und das deines Paps' erobert hat. Dich zu uns zu holen, war die beste Entscheidung unseres Lebens. Ich würde dich gegen nichts in der Welt eintauschen wollen, nicht einmal gegen das größte Stück Kuchen in ganz Mineral Wells.«

Leila hob eine Augenbraue. »Und was ist mit Zitronen-Sahne-Torte?«

»Auch nicht gegen Zitronen-Sahne-Torte.«

»Mmmh ... Zitronen-Sahne-Torte klingt ziemlich gut.«

Damit beschlossen sie, im Café auf der Main Street haltzumachen und sich etwas Süßes zu gönnen.

* * *

Sie waren schon fast beim Zauberladen angelangt, als sie Carter entdeckten, der auf dem gegenüberliegenden Bürgersteig kauerte, das Ende eines weißen Seiles in der

Hand. Das andere Ende war um den Körper eines Affen geschlungen. Carter zauberte im Sekundentakt Kekse herbei und reichte sie dem Tier, das sie sich zufrieden ins Maul schob.

Leila schaute schnell nach links und rechts, rannte über die Straße und ließ sich auf die Knie fallen. »Wo hast du ihn gefunden?«

»Er hat sich wieder unter dem Pavillon auf dem Marktplatz herumgetrieben. Ich habe ihn mit den Keksen rausgelockt und ihm dein Geschirr übergestreift.«

»Oooh, er ist so süß!« Beim Anblick des kleinen Affen vergaß Leila fast den Rest ihres grässlichen Vormittags.

Mr Vernon fasste sich an die Stirn. »Ich vermute mal, du hast *nicht* das Ordnungsamt verständigt, Carter?«

»Ach, Dad, können wir ihn nicht behalten?«, bettelte Leila.

Mr Vernon schloss die Augen. Er wusste schon, wie das Ganze enden würde.

Mit einem unschuldigen Hundeblick fügte Carter hinzu: »Bosso, die Trauerclowns und der Rest der Rummelbande sitzen im Gefängnis. Der Affe ist Waise.«

»Genau wie Carter und ich früher«, meinte Leila. »Wie könnten wir ihn da wegschicken? Verdient er nicht auch ein wenig Liebe?« Sie spürte, dass ihr Dad kurz davor war einzuknicken. »Außerdem: Stell dir mal vor, wie viel Laufkundschaft ein echter Affe in den Laden locken würde?«

Mr Vernon seufzte. »Ich muss es erst mit dem anderen Mr Vernon besprechen. Aber *vielleicht* gewähren wir dem kleinen Einbrecher eine Probezeit.«

»Super!«, rief Carter. »Ich habe schon den perfekten Namen für ihn.«

»Echt?«, fragte Leila. »Woran hast du gedacht?«

»Na ja, wir haben einen Papagei namens Fidibus. Da wäre es nur logisch, wenn sein zukünftiger Affenkumpel Hokuspokus hieße.« In diesem Moment schaute der Affe auf und schüttelte heftig den Kopf, so als wollte er gegen den Namen protestieren. Carter lachte. Dann fiel ihm wieder ein, wo Leila heute Morgen gewesen war. »Wie ist es gelaufen?«

»Komm mit rein, ich erzähl's dir.«

DREISSIG

Eine Woche später trafen sich die Magischen Sechs wieder im Zauberladen. Mr Vernon stand hinter der Theke und sortierte Glasaugen.

Fidibus saß auf seiner Stange neben dem Eingang, während Hokuspokus geschäftig aus seiner Schüssel mit der Nuss- und Körnermischung naschte, die der andere Mr Vernon zusammengestellt hatte. Der Affe hatte sich gut eingelebt. Inzwischen hatte er sich sogar an sein Geschirr und die Leine gewöhnt, und Carter versuchte ihm beizubringen, wie man Kekse in der Hand versteckte.

Allerdings fraß Hokuspokus sie immer auf.

»Wie schön, euch alle hier zu haben«, sagte Leila.

»Und ganz ohne eine Horde Trauerclowns, die uns vermöbeln will«, ergänzte Carter.

»Nicht einmal unsere Eltern konnten uns fernhalten«, meinte Ridley.

»Was würde Mineral Wells nur ohne die Magischen Sechs tun?«, fragte Theo.

»Izzy und ich *mussten* kommen«, sagte Olly.

»Genau«, bestätigte Izzy. »Um unsere Mäuse zu finden.« Die Zwillinge zogen ihre neuen Haustiere aus den Westentaschen. »Sie haben schon wieder einen Trick gelernt.«

»Ach, wirklich?« Ridley klang skeptisch. »Und was für einen?«

»Sie können die Gedanken des anderen lesen!«

Der Rest der Magischen Sechs kicherte, aber die Zwillinge riefen: »Na los, Ozzy, du schaffst es! Konzentrier dich, Illy!«

Die Mäuse starrten einander an, zuckten mit den Näschen und quiekten.

»Sie sind mittlerweile richtig gut«, meinte Olly. »Wenn wir bloß verstehen würden, was sie sagen …«

Theo wandte sich an Leila. »Wie wir gehört haben, ist Sandra aus ihrer Zelle geflohen. Hast du Angst, dass sie zurückkommt?«

Leila warf ihrem Dad einen hilfesuchenden Blick zu. Sie war noch nicht bereit, Sandras wahre Identität mit den anderen zu teilen. Carters Augen blitzten. Sie lächelte ihn an, und er nickte feinfühlig. Er begriff, dass dieses Geheimnis ihres war, und zwar nur ihres. Keiner bemerkte etwas von ihrem stillen Austausch. Schließlich antwortete Leila schlicht: »Nein. Ich habe keine Angst mehr.«

Ridley sagte: »Dieses Tohuwabohu war immerhin für eins gut: Wir konnten unsere Tricks üben!«

Theo warf ein: »Mich würde allerdings interessieren, was in diesem Buch stand, das Sandra so dringend beschaffen sollte.«

»Und wo es versteckt war«, ergänzte Izzy.

Mr Vernon grinste. »Manchmal ist das beste Versteck mitten auf dem Präsentierteller.«

»Teller?«, wiederholte Olly. »Gibt es was zu essen?« Izzy stieß ihm in die Seite, damit er die Klappe hielt.

Mr Vernon schüttelte den Kopf, fasste unter den Tresen und holte ein Kassenbuch hervor. Es sah genauso aus

wie jenes, das die Magischen Sechs während des Handgemenges durch den Laden geworfen hatten. Der marmorierte Einband bestand aus dünner Pappe. Es wirkte völlig unwichtig – überhaupt nicht wie etwas, das Kriminelle so dringend haben wollten. Mr Vernon schlug es auf und blätterte es durch. Seitenweise Artikelbeschreibungen, Preise und Verkaufsdaten in langen Spalten, wie in der Nacht des Affeneinbruchs, als er es Leila und Carter zum ersten Mal gezeigt hatte.

»Aber was …?«, fragte Carter.

Mr Vernon trat einen Schritt zurück und machte den Magischen Sechs Platz, die sich um das Buch scharten. »Schaut richtig hin. Muss ich euch wirklich erklären, dass die Dinge oft anders sind, als sie scheinen?«

»Das ist wieder ein Code«, sagte Ridley, und Mr Vernon zog den Hut vor ihr.

»Und wie funktioniert er?«, hakte Theo nach.

»Sandra hatte ganz recht«, erwiderte Mr Vernon. »In meinem kleinen Buch hier verbirgt sich eine Liste von Namen. Namen, die Kalagan unbedingt wissen will.«

»Welche Namen?«, fragte Carter. »Die von deiner Familie?«

»Fast. Namen der Mitglieder einer Art … *Club.*«

»Sie gehören zu *noch* einem Geheimclub?«, rief Izzy. »Erzählen Sie mehr!«

Mr Vernon lachte und riss eine Seite aus dem hinteren Teil des Buches. »Es ist ein Zusammenschluss moderner Magier. Und genau wie euer Club verwenden die Mitglieder Magie ausschließlich für den guten Zweck, nicht um sich selbst zu bereichern. Allerdings habe ich kürzlich herausgefunden, wie überaus wichtig es ist, dass ihre Namen geheim bleiben.« Er riss die Seite in der Mitte durch, einmal, zweimal, dreimal. Dann zerknüllte er die Fetzen in der Faust. »Denn da draußen lauert auch ein anderer Club, ein böser Club, der Magie für den persönlichen Vorteil einsetzen will. Und dieser böse Club möchte mit den Namen aus meinem Buch die guten Magier dazu bringen, ihre Meinung zu ändern.«

»Und Kalagan gehört zum bösen Club?«, fragte Leila. »Er ist der wahre Anführer?«

Mr Vernon nickte. »Zu gegebener Zeit führe ich das gern näher aus. Doch fürs Erste …« Er blinzelte und räusperte sich. »Fürs Erste würde ich vorschlagen, dass ihr weiterübt. Magie sollte Menschen ein Lächeln aufs Gesicht zaubern. Aber man weiß nie, wann man seine Fähigkeiten auch für … anderes braucht.«

»Um Menschen zu helfen«, sagte Carter.

»*Um Menschen zu helfen*«, wiederholte Mr Vernon und klang dabei ein bisschen wie Fidibus. Als er die Faust öffnete und die zerknüllten Papierfetzen auf der Theke glatt strich, war die Seite aus dem Buch wieder ganz. Olly und Izzy kippten vor Erstaunen fast um.

Leila flüsterte ihrem Dad ins Ohr: »Danke, dass du uns das alles erzählt hast. Das bedeutet mir sehr viel.«

»Gern geschehen, mein Schatz.«

Der andere Mr Vernon tauchte in seiner Kochkleidung auf der Empore auf und rief: »Ich komme zu spät zur Arbeit!«, während er die Wendeltreppe herunterstürmte.

Als er sich für einen schnellen Abschiedskuss zu Leila beugte, schnappte sie sich seine Hand und zog ihre beiden Väter in eine Umarmung. »Ich bin so froh, dass ihr mich als Tochter gewählt habt«, flüsterte sie.

Die Männer richteten sich auf und wechselten einen Blick, dann knieten sie sich neben Leila und drückten ihr einen Kuss auf die Stirn. »Ach, Leila«, seufzte ihr Paps. »Das stimmt so nicht ganz.«

Ihr Dad schüttelte den Kopf. »Wir haben *einander* gewählt. Und das macht uns unendlich glücklich.«

Nach einer letzten Umarmung sprang ihr Paps auf, winkte den anderen zum Abschied zu und verschwand mit einem Luftkuss an Leila durch die Tür.

Der Rest der Magischen Sechs war bereits unterwegs zum Geheimquartier im hinteren Teil des Ladens, Hokuspokus im Schlepptau. Theo rief: »Komm mit, Leila! Ich arbeite an einem neuen Trick, den ich dir zeigen

möchte. Vielleicht können wir ihn ins Programm unserer nächsten Show aufnehmen.«

»Unserer nächsten Show?«, fragte Carter. »Und wann soll die sein?«

»Wer weiß?«, meinte Ridley. »Aber wir müssen auf alles vorbereitet sein.« Damit verschwand die Gruppe durch die Tür hinter dem Bücherregal.

Mr Vernon scheuchte Leila fort. »Geh schon! Ich habe hier noch einiges zu erledigen.«

Auf dem Weg durch den Laden wanderte Leilas Hand wie von selbst zu ihrem Hals, bis ihr wieder einfiel, dass der Schlüssel nicht mehr da war. In diesem Moment spürte sie einen eigenartigen Stich in der Brust – bei Weitem nicht so mysteriös wie Sandras angebliche Vorahnungen, eher ein Hoffnungsschimmer, dass ihr größter Schatz eines Tages zu ihr zurückkehren würde.

Doch für den Augenblick war nur wichtig, was hinter der verborgenen Tür des Geheimquartiers im Zauberladen ihres Dads auf sie wartete.

WIE MAN ...

ein Seil unzerstörbar macht!

Du hast doch wohl nicht geglaubt, ich würde dich gehen lassen, ohne dir einen von Theos liebsten Seiltricks beizubringen, oder? Nichts ist befriedigender, als etwas augenscheinlich kaputtzumachen und dem Publikum dann mit einem Tusch und einem Lächeln zu zeigen, dass es wieder heil ist.

Genau wie in unserer Geschichte. Nach allem, was Leila auf den vorherigen Seiten passiert ist, wer hätte da gedacht, dass sie zum Schluss noch ein Happy End bekommt?

Ach, *du*? Na gut, ich nehme alles zurück.

Mit diesem Trick kannst du deine Freunde von den Socken hauen, indem du ein Seil in der Mitte auseinanderschneidest und anschließend wieder zusammensetzt. Wenn du dich geschickt anstellst, werden sie dich mit of-

fenem Mund anstarren und fragen, wo du so außerordentlich gut zaubern gelernt hast. Du kannst ihnen ruhig erzählen, dass es bei mir war. Das stört mich nicht.

DU BRAUCHST:

- Ein weißes Seil
  (Zur Not tut es auch Schnur.)
- Eine Schere
- Einen Freiwilligen oder eine Freiwillige

GEHEIMER MAGIERKNIFF:

Bevor du anfängst, raffe heimlich etwa ein Drittel des Seiles in deiner linken Faust zusammen.

SO GEHT'S:

1. Halte das Seil so, dass das eine Ende oben ein Stück aus deiner linken Hand ragt und das andere Ende lose herunterbaumelt (ungefähr einen halben Meter).

2. Greife mit der rechten Hand nach dem unteren Ende des Seiles und führe sie neben die linke. Das Seil hängt locker dazwischen.

3. Bitte den Freiwilligen oder die Freiwillige, das Seil mit der Schere in der Mitte durchzuschneiden.

4. Bewege die Hände auseinander und zeige den Zuschauern, dass du jetzt zwei Seile hältst, die dem Anschein nach gleich lang sind.

(*Magisches Geheimnis:* Aber in Wahrheit sind sie es *nicht*. Erinnerst du dich noch an das zusammengeraffte Drittel Seil in deiner linken Faust?)

5. Erkläre dem Publikum, dass du nun versuchen wirst, die beiden Seile wieder aneinanderzufügen.

6. Führe die Hände zusammen und schiebe das kürzere Seil in deine rechte Faust.

7. Sprich ein paar Zauberworte, die dir beim Reparieren helfen sollen. *A-bla-kada-bla* oder so etwas in der Art.

8. Behalte das kürzere Seil weiterhin in der rechten Faust versteckt. Ziehe mit dem rechten Daumen und Zeigefinger langsam das gesamte längere Seil aus der linken Faust.

9. Recke die linke Hand in die Höhe, um dem Publikum das Seil zu präsentieren, das aussieht, als hättest du es zu seiner ursprünglichen Länge zusammengezaubert.

GEHEIMER MAGIERKNIFF:

Bringe deine rechte Hand außer Sichtweite oder stecke das kürzere Seil in die Hosentasche, während sich alle auf das längere Seil konzentrieren. Mit Irreführung kriegt man wirklich jeden!

10. Wenn du genug übst, hast du bald noch ein magisches Ass im inzwischen ganz schön dicken Ärmel. Verbeuge dich und hol dir deinen wohlverdienten Applaus!

	C	B	A	
H	G	F	E	D
M	L	K	J	I
R	Q	P	O	N
W	V	U	T	S
	Z	Ä	X	

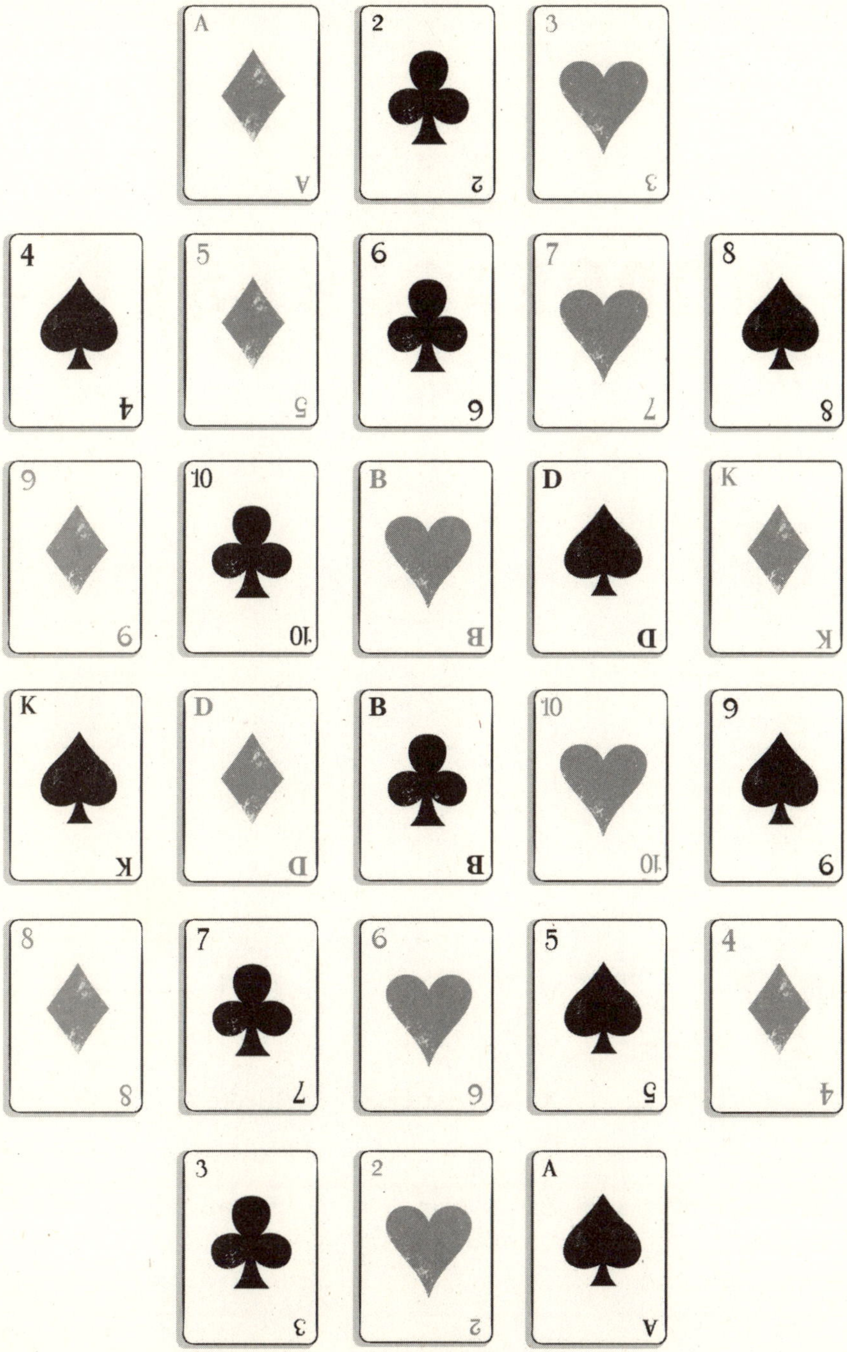
A
2
3
4
5
6
7
8
9
10
B
D
K
K
D
B
10
9
8
7
6
5
4
3
2
A

DAS MORSEALPHABET

Probier es selbst!

A	·–	N	–·	0	–––––
B	–···	O	–––	1	·––––
C	–·–·	P	·––·	2	··–––
D	–··	Q	––·–	3	···––
E	·	R	·–·	4	····–
F	··–·	S	···	5	·····
G	––·	T	–	6	–····
H	····	U	··–	7	––···
I	··	V	···–	8	–––··
J	·–––	W	·––	9	––––·
K	–·–	X	–··–	Punkt	·–·–·–
L	·–··	Y	–·––	Komma	––··––
M	––	Z	––··	Fragezeichen	··––··

EIN VERSPRECHEN

Wie schön, dass du bis zum Ende eines weiteren Bandes durchgehalten hast. Aber ich sollte dich wahrscheinlich vorwarnen, dass die Abenteuer der Magischen Sechs noch lange nicht vorbei sind. In den kommenden Bänden werden unseren Heldinnen und Helden neue Gefahren begegnen, die Verwirrung, Tumult und auch ein wenig Chaos stiften. Wenn das also Dinge sind, die dich ansprechen, dann kehre auf jeden Fall zusammen mit

mir nach Mineral Wells zurück. Vielleicht lernst du unterwegs sogar ein paar neue Tricks? Nun wird es allerdings Zeit, diejenigen, die du schon kennst, zu üben, üben und nochmals üben.

Apropos: Ich habe eine letzte Zauberlektion für dich. Solltest du jemals nach einer guten Entfesselungsnummer gefragt werden, verrätst du Schlaufuchs deinem Gegenüber hoffentlich, dass es nicht nur um Dietriche und Knoten und die Flucht vor Bösewichten geht.

Vergiss nie: Eine Geschichte kann die Fesseln eines langweiligen Lebens lösen. Eine glückliche Erinnerung die einer unglücklichen Gegenwart. Ein Spiel mit Freunden die der Langeweile. Zu einem Club zu gehören, die der Einsamkeit. Die Magischen Sechs wissen das aus eigener Erfahrung ... und du jetzt auch!

Also nichts wie raus mit dir.

Erzähl eine Geschichte.

Schwelge in Erinnerungen.

Spiel etwas.

Tritt einem Club bei.

Verschwinde, verwandle, schwebe, entfessele ... Zeig deinen Freunden, was du kannst. Wer weiß, vielleicht inspirierst du sie ja zu ein wenig Magie?

_ _ _ _ _ _ _ _ _ _ _ _ _

_ _ _ _ _ _ _ _ _ _ _ _ _ _ _ _

_ _ _ _ _ _ _ _ _ _:

_ _ _ _ _ _ _ _ _ _ _ _ _ _ _ _ _.

_ _ _ _ _ _ _ _ _ _ _ _ _ _ _ _ _ _ _ _ _,

_ _ _ _ _ _ _ _ _ _ _ _ _ _ _ _ _ _ _ _ _ _ _ _ _

_ _ _ _ _ _ _ _ _ _ _ _ _ _ _ _ _ _ _,

_ _ _ _ _ _ _ _

_ _ _ _ _ _ _ _ _ _ _ _ _ _ _ _ _

_ _ _ _ _ _ _ _ _ _ _ _ _ _ _!

DANKSAGUNG

Siehe Band eins. Meine Meinung über die dort genannten hilfreichen Menschen hat sich nicht geändert, und eine Wiederholung wäre reine Tintenverschwendung.

ÜBER DEN AUTOR

© MARK VERLTMAN

Neil Patrick Harris ist ein vielfach ausgezeichneter Schauspieler und wurde vor allem durch seine Rolle als Barney Stinson in der Serie *How I Met Your Mother* berühmt. Er ist außerdem Produzent, Moderator, Autor, Vater von Zwillingen – und Zauberer. Er war von 2011 bis 2014 Präsident der *Academy of Magical Arts*.
Die Magischen Sechs ist seine erste Kinderbuchreihe.

FORTSETZUNG FOLGT ...

S.P.U.K.
Sammler paranormaler Unregelmäßigkeiten

Denzel sitzt über seinen Hausaufgaben, als er plötzlich spürt, dass er nicht mehr allein ist. Eine rauchige schwarze Masse mit langen Tentakeln klemmt in einer Zimmerecke und Denzel kann gerade noch in Sicherheit springen, als die Wand explodiert. Die S.P.U.K.-Geisterjäger stürmen sein Wohnzimmer und danach ist nichts mehr, wie es vorher war.

Band 1: Das Tentakel-Spektakel
ISBN 978-3-505-14193-5

In einer finsteren Nacht stehen Denzel und Schmitti am Wasser auf einer New Yorker Landungsbrücke, als diese plötzlich zu beben beginnt … Ehe es die frischgebackenen S.P.U.K.-Geisterjäger richtig begreifen, splittert schon das Holz unter ihren Füßen und eine gigantische Haifischflosse steuert direkt auf sie zu!

Band 2: Die Monsterhai-Misere
ISBN 978-3-505-14200-0

Barry Hutchison
S.P.U.K. - Sammler paranormaler Unregelmäßigkeiten
Je 256-288 Seiten, gebunden
€ 14,00 [D]

---

www.schneiderbuch.de

Schneiderbuch
EGMONT

Die Magischen 6

Carter hat ein besonderes Talent für Zaubertricks – doch sein Onkel zwingt ihn, damit Leute übers Ohr zu hauen. Als dieser eines Tages einen besonders fiesen Coup plant, haut Carter ab. Ganz auf sich allein gestellt landet er ausgerechnet auf einem Jahrmarkt, auf dem Täuschung und Betrug an jeder Ecke lauern. Gemeinsam mit fünf gewitzten Zauberkünstlern will er den Betrügereien auf dem Jahrmarkt ein Ende bereiten. Mit einer gehörigen Portion Mut entdecken *Die Magischen Sechs* den Zauber der Magie und wahrer Freundschaft!

Neil Patrick Harris
Die Magischen Sechs
Band 1: Mr Vernons Zauberladen
304 Seiten, gebunden
EUR 14,00 [D]
ISBN 978-3-505-14188-1

Kinder lieben Schneiderbücher!

www.schneiderbuch.de

Schneiderbuch
EGMONT

SERAFINA BLACK

Die zwölfjährige Serafina ist Gestaltwandlerin und besitzt magische Kräfte. Sie ist die Beschützerin von Biltmore und aller Menschen und Tiere, die dort zu Hause sind. Doch ein unheimlicher Zauberer hat es auf die Bewohner von Biltmore abgesehen ...

Band 1: Serafina Black und der schwarze Umhang
ISBN 978-3-505-13925-3
320 Seiten

Band 2: Serafina Black und die Tiere der Nacht
ISBN 978-3-505-13934-5
368 Seiten

Band 3: Serafina Black und das Rätsel des Waldes
ISBN 978-3-505-13936-9
336 Seiten

Robert Beatty
Serafina Black
gebunden, mit Relieflack
und farbigem Vorsatzpapier
Band 1-3: € 14,00 [D]

Kinder lieben Schneiderbücher!

www.schneiderbuch.de

Schneiderbuch
EGMONT

Seit Tom nicht nur der Besitzer einer Geisterbahn ist, sondern ihm somit auch ein Haufen quicklebendiger Geister in Obhut gegeben wurde, steht sein Leben ganz schön kopf. Mumie Hop-Tep, Zombie Wombie, Vampir Vlarad, Werwolf Welf und Geistermädchen Mimi garantieren geisterhaften Gruselspaß!

Band 1: Geister geerbt
ISBN 978-3-505-13757-0

Band 2: Vorsicht! Poltergeist!
ISBN 978-3-505-13851-5

Band 3: Hilfe, Zombie-Party!
ISBN 978-3-505-13903-1

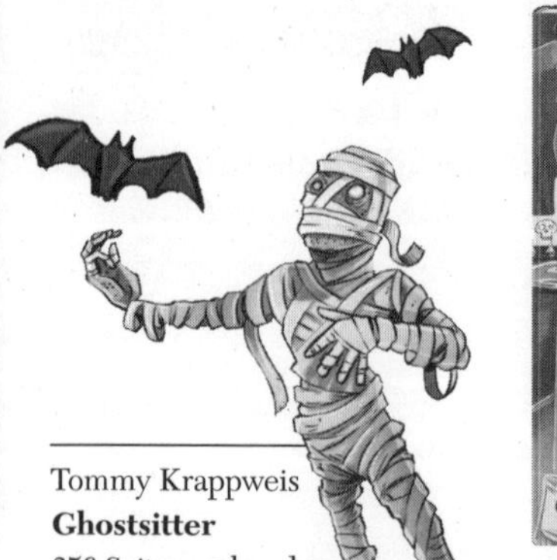

Band 4: Schreck im Spiegelkabinett
ISBN 978-3-505-13905-5

Band 5: Tanz der Untoten
ISBN 978-3-505-14033-4

Tommy Krappweis
Ghostsitter
256 Seiten, gebunden
Band 1-2: € 9,99 [D]
Band 3-5: € 10,00 [D]

www.schneiderbuch.de

Schneiderbuch
EGMONT

W0345004